コンドルは
翔んでいる

EL CONDOR PASA

OTSUKA Toru
大塚　徹

文芸社

目次

序　章　インカの地・ペルー

南米のアンデス山岳地帯に暮らしていたケチュア族という先住民族がいる。かつて、彼らが築いた帝国は、インカの国と呼ばれていた。

インカの王は、アンデス山脈の高地クスコ[註1]（海抜約三千四百メートル）に首都を築き、巨大なインカ帝国を治めていた。帝国は現在のコロンビア、エクアドル、ボリビア、ペルー、チリにまたがる広大な領地を有し、栄華を極めていた。

インカは高度な文明を持っていたが、民族は文字を持っていなかった。唯一キープ（縄の結び目）がその役目をしていたという説がある。その結び目で作物の収穫量や作付け時期等を記録として残していたようだ。

キープを理解し、どういう意味であるか教える人、つまり村の長老であったり、学者であったり、智恵のある者を征服者フランシスコ・ピサロは殺し、根絶やしにしてしまった（一五三三年）。

そこでインカの栄光の歴史は封印されたのである。

近世多くの考古学者らは、伝説として残るインカの言い伝えに検証を加え、インカの謎を解明することに努めている。

エジプトやメソポタミア古代文明は象形文字を残しているので、現在では解読されている。インカにはそれがない。だから多くの謎が残るのである。

現在でもペルー全域で学者によって遺跡の発掘がなされている。

エル・ドラド（黄金郷）はどこか？　伝説にある夢の国エル・ドラドはどこか？　侵略者スペイン人達には、ペルー全体がエル・ドラドに思えた。金銀財宝を母国に持ち帰った。その財宝によってもたらされた貴族や教会の繁栄ぶりはいかがであったろうか。信じがたい生活があったようだ。近年、エル・ドラドは学者によって特定されつつあるが、まだ予想の域を出ないようである。

遺跡発見は偶然が常につきまとう。

アメリカの若き考古学者ハイラム・ビンガムは遺跡発掘や探検をしていたところ、インディオの少年がこの上に何かあると山の方を指差したそうだ。探検隊はその急な崖をよじ登り、ジャングルの木を伐採しながら進み、あのマチュピチュの遺跡を発見したそうである（一九一一年）。少年が指を差さなければ、あの素晴らしい遺跡は未だに日の目を見ていないに違いない。

ジャングルの中に埋もれて、永遠の眠りについていたかも知れない。世界第一級の世界文化遺産であることは間違いない。

医学、天文学、地理学、建築学、織物から工芸品に至るまで現代でも及ばない能力や技術がインカにあった。

しかし、険しい山頂に築かれた空中都市マチュピチュは何の目的でつくられ、四千人とも言われる住民がどのような理由でそこから煙のように消えて、近世まで廃墟となっていたのだろうか。

クスコの街並みにある十二角の石組。鉄を持たないインカがカミソリの刃も入らない程の精巧な石組みをどうやって造ったのか。

サクサイワマンの城塞に築かれた一個一トン以上もする石垣。それも付近にはない巨石をどこから、どんな方法で運んだというのか。

ナスカの地上絵。ナスカの地上にとてつもない絵を描いた。飛行機で上空からでないと分からない巨大な絵や、何キロも続く直線は何を意味するのか、何のためなのか。

インカが伝えるエル・ドラドは果たしてどこにあるのか。

謎が謎を呼ぶインカは、神秘とロマンに満ちているのである。

失われた歴史は、あと戻りはできない。――それがいかに輝かしいものであってもだ。

ケーナとチャランゴ等の楽器が奏でるフォルクローレの調べは、なぜかもの悲しい。

今日も何事もなかったように空高く、悠久の歴史を見つめてコンドル[註2]は翔んでいる。

第一章　託された少年チコ

南米ペルーの首都リマ市は朝から肌寒かった。

昼は人々の騒がしさと、車の排気ガスで息をするのも苦しい程なのに、早朝の静けさはまるで別世界のようである。

大都市リマでも最近高級地として知られるサン・イシドロ（SAN ISIDORO）地区は、大樹が多く緑がとても多い所である。広大な敷地に大邸宅、富の象徴がそこにはあった。

その一角を占める家の門前に三時間も前から二人のインディオが佇んでいた。気がつくとリマには珍しく霧雨が降っているようで、地面が多少濡れて黒く光って見えた。

母親はオクヨ、子供はチコ。二人はインディオの衣装を身につけている。丸い帽子を被った母親は黒い髪を三ツ編みにして、派手な手織りの民族衣装はインカの末裔ケチュア族の出身を表わしている。頬に紅をさし、真っ白い歯を覗かせ、時折見せる笑顔が素敵で印象的であった。

じっと子供の目を見つめ、手を握り、たまに深い溜め息をついた。子供は六歳というのにとても小さかった。それで友達は彼のことをチコ（小さな子）と呼んでいた。そして成人してからもチコの愛称は変わらず、彼自身そう呼ばれることに何の不自然さも違和感もなかった。その門にはフォトス・エスメラルダ（エメラルド写真館）の金看板が取り付けてあった。

ここの家主ドン・パウロは七十歳を超したであろうに眉は濃く厚く、眼光は鋭いものがあった。

この老人は朝一番で、家から門までの道を使用人に任せず自分で掃除するのが習慣であった。

ドン・パウロは黙々と掃除をしていた。家から門までのドライブウェーを掃いて門のところで一仕事が終わると「エヘン」と咳払いをして自分の仕事に満足したのか、いつものように門扉を開けた。

そしてそこに佇む二人の人影を見つけた。インディオの親子だった。

緊張した母親が意を決して、ドン・パウロに声をかけた。

「ブエノス・ディアス（おはようございます）、ご主人様にお会いしたいのです」

ドン・パウロはハテナという顔をして、わしにインディオの知り合いがいたか？　と一瞬考えたが、「私がここの主人です」と言うと、女は嬉しそうに懐から大切そうに手紙を取り出し渡した。手紙はセピア色に変色していた。

その宛名を見て、また、ハテナと思った。達筆な日本語で「玉城尚徳殿《たましろしょうとく》」とドン・パウロの日本語の名前が書かれている。インディオがなんで私宛の手紙を持っているのか。ドン・パウロは明らかに興味を持った。

そして開封して一読した。そこには忘れ得ぬ友からの文章が綴られていた。懐かしかった。

「家に入ってくれ」

二人にやさしく言った。そして使用人に急いで朝食を作らせた。

良い香りのコーヒー、ハムエッグ、野菜サラダとパンをインディオの親子に勧めたが、二人は緊張した顔で手を付けない。

ドン・パウロは朝早く遠くから来たと思い、さぞお腹を空かしているだろうと再度、「さあ遠慮なくお食べなさい」と勧めた。

手紙を出し、老眼鏡をかけて読んだ。読んでいくにつれ、ドン・パウロの目に一滴の涙が宿った。そしてその涙はあふれた。

嗚咽から慟哭に変わっていった。

そしてオクヨにやさしく言った。

「苦労したんだネ、有り難う！」

チコをギュッと抱きしめ、「分かったよ、この子は私が育てる」とオクヨに告げた。

それから家人を集め「今日からこの子、チコは私の息子として育てる」と皆に宣言した。家長の決定に逆らう者など誰一人いない。

昼が近づいた頃、オクヨはドン・パウロに暇乞《いとまご》いをして帰ろうとしていた。

「ママはお家に帰るの。チコは皆さんに可愛いがって頂くのヨ。いつもママはチコのそばにいるから心配しないでネ。ブエナ・スエルテ（幸運がありますように）」

母はやさしく抱きしめた。

チコは母にすがって泣きじゃくった。母との別れだと悟っていた。

「チコ、ほら泣いたらダメヨ。悲しい時は大空を見上げるの。空にはいつも太陽があるでしょう。神様はどこからでも見守っているのヨ。さあ、笑って、笑って！」

母オクヨはあくまで明るく振る舞った。

ドン・パウロもそっとハンカチで涙をぬぐった。

オクヨはフォトス・エスメラルダを笑顔で辞した。

それから三ブロック程歩いたであろうか。オクヨの大きな目に涙がたまり、そしてあふれ出た。初めはシクシクと泣いていたのだが、突然号泣に変わった。そして泣きながら道を歩いた。

道は一歩ずつ我が家に向かっていた。道行く人々は、この泣きながら歩くインディオを呆然として見送った。

何をしたのだろうか、そう思ったとしても誰もインディオの女に声をかけようとする者もいなかった。

二時間後、オクヨは海に近い、高台にある自宅に着いていた。そこにはいつもやさしい夫のペドロが待っていた。

家に入ったオクヨは、ペドロにすがって、改めて大泣きしたのだった。

事情を知っているペドロは、妻の小さな肩を何回もやさしくさすって、妻の泣き止むのを待った。ペドロの目にも涙があふれ、二人して手を取り合って泣いたのだった。

そして泣き終ると二人は目と目を見交わし、うなずいた。

チコが戻ると心が折れる。明日、日の出と共にペドロの故郷に向かい出発することに決めていた。

薄暗い。でも日の出の時刻だ。家には家財道具と呼べるものはない。海の見える岬の高台にある白亜の聖母マリア像に向かって十字を切り、チコの将来を祈って旅立った。

その日の朝日は特に美しく見えた。二人は黙々と歩いた。ペドロの故郷は遠い。アンデス山脈に抱かれたペドロの村を目指した。四千メートル級の峠をいくつ越えたらよいのか、道ははるばる続くのに！

チコの本名はリカルド・フェルナンデス・パレーデス。チコはリマ市内の小学校に入学した。この時代、子供の数が多くて学校が不足していた。なので午前と午後の二部制で授業が行われていた。午前授業を受ける子は正午に下校し、午後の授業を受ける子供達が登校するといった状況であった。

人一倍身体の小さいチコは学力の差もあってか、悪童達からイジメを受けた。怪我をさせられたことも度々あった。チコは孤独だった。でも耐えた。

心配したドン・パウロはメッセンジャーボーイのホルフェをボディガードにして守らせた。ホルフェはチコを学校に送ると、午前の授業が終わるまで校庭の隅にある大きな木の下でジッと待っていて、チコが授業を終えて出てくると一緒に帰るのが日課であった。

ホルフェはチコより三学年上で身体も大きかったから、悪童達は手を出せずにいた。チコは、初めの頃は学力は劣っていたのだが努力の結果、成績も良くなり、友達もできた。

四年生になるとクラスでも一、二番を争うまでの成績になっていた。

家に帰ると写真館の仕事で、こまネズミのように働いた。職人さんにも好かれ、皆から大切にされていた。

その頃チコが興味を覚えた場所があった。

家より五ブロック先にあるジムナシオでは空手を教えていた。毎日のように覗いているとマエストロ（師範）から声がかかった。

「君の名前は何というのかネ」

「チコです！」

元気よく返答した。

「毎日、見学しているようだけれど一度やってみないか？」

一瞬喜んだけれど「私はお金を持っていません」と下を向いた。

実際、今まで金を持ったことがなかった。学費も払ってくれている。必要なものは全て揃えてもらっていた。

「君からお金を頂こうとは考えてはいない。いつ来てもいいからネ」

と言ってマエストロは空手着を貸してくれたのだった。

それからチコは暇さえあれば道場に通った。

中学生になる頃には急に身長が伸びて百七十センチを超え、中学を終える頃には百八十五センチはあった。その頃になるとシンツウロン・ネグロ（黒帯）二段を授与されていた。道場の中ではマエストロも感心するほど、強くなっていた。

先生はあまり大きくはなかったけれど技のキレ、スピード、華やかさ、どれを取っても空手の達人であった。

チコは中学生頃には、写真館の仕事で客に早く写真を届ける為にリマ市内の地理に明るくなり、近道を知っているので短時間に仕事が終わった。

もう一つの仕事はホルへ・チャベス空港（ペルー国際空港）にあった。多くの旅行客にとってロマンの国、神秘の国ペルーの第一歩が、到着した飛行機をバックにした記念写真となり、思い出の一頁として人気があった。なので海外から到着する飛行機のタラップを降りたところに待ち構えているスタッフが写真を撮るのだ。

海外の政財界の重要人物の到着写真は新聞社に配信された。

ホルへ・チャベス空港は地理的に南米への玄関口であった。

南米（ブラジル、アルゼンチン、チリ）、北米（アメリカ、カナダ）、欧州（ヨーロッパ各国）、アジア（日本、中国他）の各国を昼頃出発すると、ペルーには深夜に集中して離着陸することになる。

写真を撮るとすぐフォトス・エスメラルダに戻り、現像部にネガを渡すと仮眠して学校に行くのだけれど、飛行機は定刻に着くとは限らない。気象条件やエンジントラブルといった理由で大幅に遅れることもある。そうなると睡眠時間がなくなって、登校が難しくなることも多々あった。

飛行機のところまで行くのにポリシア（警察）、ポリシア・フィスカール（秘密警察）、アドワナ（税関）を通るのだが、正式に国が発行する入場許可証を持っているのにもかかわらず、それらの係員達は後日、多少のチップをもらいに集団で写真館にやって来る。彼らにとって無事に通してやっているのは自分達の利権だと考えている節がある。このチップを断ると現場で何かと嫌がらせに遭うこととなる。

現場ではチコ、チコと呼びかけ片手を挙げたりして親愛の情を示すのであった。チコは学校、仕事、空手の練習に充実した時を送っていた。この頃、ママオクヨとパパペドロの夢を見た。

二人で笑って手を振っている。近くに行こうとするとすぐ消える。ママと別れたのは六歳の頃のことだった。一度だけママに会わせてほしいとドン・パウロにお願いした。一度だけならということで許可され、ドン・パウロの長男アレハンドロが同行して自宅に戻った。海に近い丘の上の我が家は懐かしかった。

「ママ、僕だよ、チコだよ！」

いつもと同じように戸を開けて家の中に入った。チコの目にママの姿もパパの姿も映ることはなかった。第一、人の住んでいる気配がない、全くの廃墟と化していたのだ。

「ママ、パパ、どこに行ったの！」

チコは狂ったように叫んでいた。あのやさしい親達が僕を捨てるはずはない。どこに行ったというのか？　泣きに泣いた。多分、一生分の涙を流した。

近所の人達に聞いて回った。

「チコと母親がセントロに行った次の日、両親は朝早く、ここを出て行った」

行き先はリマから何千キロも離れた山の村、ということが分かった。けれどもその山の村がどこか、ペドロの故郷がどこであるか誰も知らされていないようで分からなかった。

そうして両親の姿はリマから消えた。インカの民が空中都市マチュピチュを捨てたように消えたのであった。


リマ市セントロ（旧市街）は、ほぼ碁盤の目状に道路が走っていて、プラサ・デ・アルマス（アルマス広場）を中心に大統領官邸、リマ大司教宮殿、リマ市役所、中央郵便局、コンキスタドール（征服者）フランシスコ・ピサロの遺骨が納められていると伝えられるカテドラル等、あたかもヨーロッパの旧市街と同じような歴史的建造物があり、ペルーを襲った三度の大地震にもびくともしなかった。その偉容を今に伝えている。

プラサ・サンマルティン（サンマルティン広場）にはペルーの独立運動に大きな功績を残し

たサンマルティン将軍の騎馬像が立っている。この広場は市民の一番の憩いの場であり、銀行や旅行社、観光案内所が集中してあった。

チコはホテルクリヨン（当時五ツ星高級ホテル。リマ一番の高層ビルで、屋上階ではフォルクローレ等のショーが毎夜演じられていた人気ホテル）の一階にあるサロンで仕事を済ませて帰ろうとしていたところ、総支配人のレオナルドが笑顔で寄ってきてコーヒーをご馳走してくれた。

このホテルのボーイさん達は名門ホテルだけあってベテランが多いし、レセプション、クローク、サロンの係、皆やさしく接してくれた。なのでこのホテルには落ち着けた。多分レオナルドの指導が行き届いているせいだろう。

ホテルを出ると太陽が眩しい。混雑した通りをプラサ・サンマルティンに向かう。アベニーダ・ニコラスピエロラ（大通り）は交通渋滞がすごい。

広大な道路が車で満されている。その上、排気と騒音で頭がクラクラする。広い歩道部分の半分はアンボランテ（屋台）が占めていて日用品、衣類、果物、野菜、肉まで売っている。残りの半分を多くの人達が通るのだから、その混雑といったら半端でないのだ。人々は通常のことであるので全然気にしないのである。

ちょうどプラサ・サンマルティンからホテルクリヨン寄りに五百メートルくらいのところに

カンビョ（両替商）があり、その前はアンボランテもなく、多少広い場所がある。そこを人を掻き分け、黒いバッグを抱えて少年が死に物狂いで走ってきた。後方では「ドロボー、ドロボー捕えて！」と叫んでいる外国人がいた。

チコは少年の前を左によける振りをして、思い切り少年の足を跳ね上げた。少年のスピードと足払いのタイミングが合って空中高く跳ね上がり、一回転して地上に落下して意識を失った。

チコは注意深く周りを見渡した。

追いついた外国人を手で制し、なおも周りを見渡していると、居た。仲間と思えるプロレスラー風の兄さんが二人。近くにポリスがいたけれど、多分、一味の可能性が高い。頼りにならないのだ。

カバンを拾い上げようとしている右側の男の頸動脈に廻し蹴りを入れ、路上に沈めた。左側の男は捕まえにかかった。一歩退いたチコはその男の顔面を思い切り蹴り上げた。血に染まった顔に両手が行った。空いた鳩尾《みぞおち》を全力で突いた。レンガ三枚を砕く威力のある突きは、相手の身体を貫いたかと思えたほどであった。

二人共、何がどうなって路上に倒れているのかさえ分からなかったであろう。それは鮮やかであった。人々は何事もなかったかのように行き交う。いつもの混雑ぶりである。

チコはカバンを渡して持ち主の外国人夫妻を滞在中のリマ・シェラトンホテルに送って、自宅に帰ったのであった。

そんなことがあって三日後、フォトス・エスメラルダに外国人夫妻が訪ねてきた。主人のドン・パウロに会って、チコへのお礼と事件の概要を話した。ドン・パウロは初めて聞く話であり驚いた。

そして夕食の招待の申し出があった。気持ち良くお受けすると、外国人夫妻は喜んで帰ったのであった。

二日後の土曜日の夕刻、レストラン、ラ・ロサナウティカ。ラルコ・マールの近く、海に突き出た桟橋の先にある。陽が落ちると同時にトーチカの灯がともり、ロマンチィクな雰囲気を醸し出している、リマッ子にも外国人旅行客にも人気であった。

外国人夫妻のご主人ジョー・ギャノン、奥様のケリー・ギャノン、ドン・パウロ、チコ、アメリカ大使館一等商務官リチャード・スミス、通訳のナンシー嬢、計六名がテーブルに着いていた。

このレストランは海鮮料理が得意のようだ。

海の上にあるため、波が主柱に当たる度、ドドーン、ザザーンと音がする。

スミス氏の乾杯の発声と共に、夕食会は和《なご》やかに始まった。

「先日は危ないところをリカルド・パレーデス君に助けていただきました。あのカバンには大切な書類が入っていたので、あのまま盗まれていたら大変なことになっていました。心よりお礼申し上げ感謝致しております」

ジョーとケリーが、カバンが盗まれた状況、戻ってくるまでのチコの活躍を賞讃したのだった。武道の話に花が咲き、スミス氏も興味があるようで盛り上がった。ペルーの地酒ピスコが、特に女性にはピスコサワーとして喜ばれたようだ。

ペルー沿岸は南極からの冷たいフンボルト海流が流れており、寒流で育った魚が取れる。海産物は新鮮なまま調理されるので、どの料理も美味しいものばかりだった。

会が終わりに近づいた頃、

「ドン・パウロさん、パレーデス君を私に預けてくれませんか」

ジョーから提案があった。

「勿論、今回のお礼の意味もありますが、彼をアメリカに招待したい」

ドン・パウロはしばらく考えて、

「有り難いことです。彼の将来を考えた時、私に反対などあろうはずはありません」

はっきりと返事をしたのだった。

そこでチコのアメリカ行きが決定した。

けれども旅券取得のため、出生証明書が必要になった。

大体、インディオ達はそうした届を出す習慣がないのだ。だから旅券を作るのに手間と時間がかかった。でも何でもできるのがこの国の良さでもあるのだ。

ビザ取得はアメリカ大使館のスミス氏が請け合ってくれた。スミス氏が言うのにはギャノン一族は大財閥で、そこが引受人なので何の問題もないのである。

大使館に申請をしたらスチューデントビザ（留学査証）がすぐ下りた。

ホルヘ・チャベス空港は今日も混雑していた。

チコの出発の日だ。フォトス・エスメラルダの職人達、ドン・パウロの長男アレハンドロ玉城、空手道場の仲間、遊び友達等で黒山の人垣ができた。皆が見送りに駆けつけてくれた。嬉しかった。

定刻、アメリカのブラニフ航空機はリマを発った。リマ—ロサンゼルス—サンフランシスコの飛行ルートで、夜霧のゴールデンゲートブリッジ（金門橋）が見えると空港に到着である。

シスコの空港にはギャノン家の親戚キャサリン・シュトラウス嬢が笑顔で出迎えてくれた。シスコからシアトルのギャノン家の自家用飛行場まで、彼女の専用機六人乗りボナンザで移動、機名はスピット・ファイヤー号。笑顔の彼女は鬼より怖い英語の先生となる。チコの面倒は全て彼女がみてくれた。

到着するとギャノン一族の温かい歓迎の輪が広がっていた。

ジョーはガッシリとハグすると、チコの背中を軽くたたいた。ジョーは二メートルを超える大男であった。ケリーは嬉しそうに抱きついて、チコのホッペに沢山のキスをした。

その夜は遅くまでチコの歓迎会が行われた。

ギャノン夫妻の知人、五十人くらいがサロンで食べたり飲んだり。

ジョーは機嫌良く、ペルーで遭ったチコの武勇伝を何回も言うのだった。相当酔っていたかも知れない。

チコはアメリカでの第一夜をジョーの息子ロバートの部屋で休んだ。彼は大学の寄宿舎で暮らしているとのこと。

ギャノン家はシアトルからそう離れていない、多く点在する島にある。本土と橋で結ばれているその島には飛行場を中心に十数軒の家がある。

ギャノン邸の南の斜面にある急坂を下ると海に出る。そこは波止場となっていて船で来る客はここに停泊する。常時ギャノン家の大型クルーザーが留めてあった。

外洋に出てクルージングしたり、魚釣りをする。

シアトル近海は魚が豊富なので、釣れた魚を船上で料理してパーティーをする。この島は花も多いし楽園なのだが、冬は寒い、北風も強い、雪も降る。

しかし床暖房で部屋は暖かいし、暖炉が良い。薪の燃える音も良い。じっと見ていると、吸い込まれそうな炎。炎を見ているだけで心が豊かになる気がする。また、この暖炉でケリーが煮込みとかの料理を作る時がある。部屋中に美味しそうな匂いが立ち込め、特にチーズが沢山のったピザが好評であった。

隣家のキャサリンも、自分の家のようにギャノン家に来る。キャサリンとケリーは姉妹のように仲が良かった。料理も上手だし、二人で何か言ってはクックとかハッハとか笑い転げている。

キャサリンは三十三歳で弁護士、離婚しバツ一、独身。一メートル六十センチの小柄、ブロンドのショートヘアー、エクボが可愛い。ある時、キャサリンが「自分のことをミスバチェラー（独身女）と呼んでもいい」と言ってきたので、バチェラーってどういう意味かと聞いてみると「私のような美しい女性のことを言う」と答えた。きっと嘘に違いない。ともかくキャサリンは口が回る。頭が良いのだろう。常に面白いことを考えている。茶目っ気があるのだ。

ケリーも友人が多い。カレンダーにかなり先までスケジュールが入っている。一メートル五十数センチ、多少小肥りの身体をたえず動かしている。トンボメガネで顔中覆われている感じであるが、実に気が利いていてやさしい。

チコがまだ英語を理解できないでいた当時でも、彼女には身振り、手振りで話が通じた。勘が良い証拠だろう。

子供はロバート一人。彼はまだ大学生。来春卒業予定だが、ヤキマランチャーズ社のバイスプレジデント（副社長）の肩書きで、自社の農場でできるホップの生産、販売で忙しいようだ。

秋も深まったある日、ジョーから農場を見せたいという話があった。ギャノン夫妻が案内してくれて、シアトルからヤキマに向かった。

アメリカンロッキー山脈の谷間を行く道はペルーとは比較にならないほどの大樹が茂り、川はあくまでも清く、紅葉の見事さは言葉を失うとはこのことかと、大自然の雄大さを感じて息を呑んだ。

車で約二時間半、農場はヤキマにあった。広大な麦畑とホップの畑が地平線まで続いている。ヤキマランチャーズ社はビールの原料となる麦とホップを作っているようだ。自社の乾燥工場で製品にすると、自国だけでなく海外の市場にも輸出するのである。

ホップの産地はミュンヘン（ドイツ）、札幌（日本）、ミルウォーキー（米国）など世界で同緯度にあるということのようだ。それでヤキマも大産地だということだ。

ホップのハーベスト（収穫）は機械が使えず、人海戦術で季節労働者を雇用して手摘みで穫っていくのだそうだ。

総支配人はメキシコ人のセニョールガルシア氏だ。彼は少年の頃からギャノン家で働いていて、農場のことは全権を持っていた。陽気な男だ。同じスペイン語を話すので、チコも気が許せる相手だった。メキシコ人のエマ夫人との間に三人の娘に恵まれ、農場の南側の一角に住居があった。家の周囲を流れる小川はきれいで冷たい。近くにはブドウの木があり、自家製のワインを作っているようだ。花が好きと見えて沢山の花が咲いている。

ランチに招待されて、ギャノン夫妻と一緒に出席した。本場のタコス（トウモロコシ粉で作る生地に、豆の煮たものや肉等を挟むメキシコの代表的食べ物）、バーベキュー、新鮮な沢山の果物。セニョールガルシアは「マラゲーニャ」を歌った。テノールの力強い歌声は遠くの森まで届くほどの素晴らしさであった。

長女マリアの「アベマリア」は透き通ったメゾソプラノで身震いするほどの出来だ。次女カルメンは「ベサメムーチョ」、三女フロールデマリアは「シェルトリンド」、ハスキーだった。チコはペルーの国歌を歌い、空手の形を披露した。

この一家は陽気で明るい笑顔一杯の家庭だと思った。

それからの五ヶ月は死の特訓が待っていた。教えるキャサリンは自分の仕事（弁護士）が終わると、好きなパーティーを全てキャンセルして夜遅くまでチコの勉強に付き合ってくれた。

その甲斐あって英語力は格段にアップした。化学、数学もキャサリンの得意分野で、子供の手を取るように教えてくれた。

週三日はシアトルの空手道場に通った。道場主は警察や軍隊にも教えに行っているそうだ。

「こちらの人達は昔の西部劇にもあるようにフロンティアスピリッツ（開拓精神）を持っているので厳しい練習にも音を上げず頑張る者が多い」

ペルーの道場と違って、「将来が楽しみ」と言われるような、組手でも勝負できる練習生も多かった。この頃、チコの背丈は二メートル近くになっていた。多少、猫背だったのをキャサリンに注意された。

「姿勢を良くしなさい」

先生の言うことには逆らえない。

シュトラウス家も名家の家系である。キャサリン宅の玄関から入ってすぐのサロンには、巨大なガラスのショーケースに巨大な絵が納められている。

日本人で世界的画家、横山大観作「富士」である。どれほどの価値か分からないが、全てを圧倒する迫力には驚いた。こんな名画が平然と陳列されているところがスゴイのだ。

自宅の地下に二十五メートル温水プールがある。

キャサリンは毎日、早朝から二千メートル、夕方三千メートル泳ぐのが日課で、

「これを続けるとストレスも消えるし、美しいボディーを保つことができる」

と言って、よほどのことがない限り、この習慣は続けられた。自分だけでやっていればいいい

ものを、チコも付き合わされた。

大体泳ぐという習慣のないインディオにとって迷惑なことだった。というより怖いことであった。

生まれた時に産湯《うぶゆ》を使うくらいで、水に入ったり、それも泳いだりなど一生しないものだ。

初めは何度も溺れたし、水を飲んだ。立てば身体の半分もない深さなのだが、そんなところで見事溺れている。どうやら恐怖心で身体が固まってしまうようだ。

怖さのあまり涙目のチコを、キャサリンは突き放すように言うのだった。

「黙って泳ぎなさい」

「誰も助けてはくれない、やるっきゃないのだ」

黙って泳いでいると多少さまになってきた。少し泳げるようになるとブレス（平泳ぎ）、クロール（自由形）で何十メートルも泳げるようになった。だんだんとスピードも出だしたが、勿論、彼女の足元にも及ばないのだけれど、でもこんなストイックな生活を続けていることが彼女の離婚の一因かも知れない。自分の考えにやや納得しているチコであった。

また、こんな素敵な女性をほっとくなんて信じられなかった。キャサリンはどんなパーティーに行っても必ず主役だった。すぐ輪の中心でジョークを交えて皆を笑わせていた。彼女はポジティブな性格、明るさ、笑顔、可愛いところだらけだ。仕事は弁護士、多くのカスタマー（顧客）に支持されている。相談には熱心だという評判である。

ギャノン家では二頭の馬が飼われていた。サラブレッドではなく、アラブ系で体格が良く、がっしりした馬だった。

しかし思い通り歩いてくれない。そう思っていると急に走り出したり、怖い思いをしたものだが、毎日、餌をやり、体のブラッシングをしたり、川の水で洗ったり、スキンシップを図っているうち、馬の方からチコに寄ってきて、鼻をつけてきた。

初めの頃は馬が人を見ていたのか、馬鹿にされていたのだと知った。賢い奴だ。一度信頼関係を結べた後は楽だ。歩け、走れ、止れ、思い通りになると面白い。

長距離を走って帰ると、馬は汗まみれ、ホコリまみれ。小川の清流で洗ってやると気持ちが良いのか目を細めている。

ジョーは大学の教授をしているそうで、髭が似合う。やさしいし、なんせ二メートルの大男である。学生にも人気があるようだ。

多忙であったが週末はクルーザーでの船遊びが好きなようだ。友人も多く、よく招かれる。よほどでない限りチコを連れて行き、皆に紹介した。あまり酒は飲まないがカクテルのクーバリブレ（キューバの自由）は三杯くらい楽しむようだ。

最近まで、西部開拓時代に使用していた幌馬車十数台を展示していたが、シアトル市に寄付したところ、ギャノン幌馬車博物館が造られて、そこに納められているという話だ。

冬はスキーのトレーニングだ。シアトルの近辺にはスキー場が多い。

カナダ、バンクーバーの裏山ウィスラーは雪の質が良く、パウダースノーで当時（五十〜六十年前くらい）スキーのメッカとして人気があった。このカナダのブリティッシュコロンビア州バンクーバーも、シアトルから車で数時間の距離にあった。

チコにとって初めての銀世界。ゲレンデはあまりに広大すぎて恐怖そのものであった。

キャサリンがバケーションの間、スキーの基礎から教えてくれた。何回も繰り返し、ボーゲン（制動）、斜滑降、ターンに至るまで、ていねいに教えてくれるのだが、腰が引けてすぐ転んでしまう。後ろばかりではない。横だったり、前だったり。そうそう、前に転んだ時、思わず水泳のクロールをやっていたら「ここはプールじゃないのよ！」と笑われた。転んでばかりいると、雪に対する恐怖心も薄らいできた。キャサリンは少女時代からやっていると言う通り、フォームもきれいだし、さながらパウダースノーを舞う妖精のようだ。

三日目には、ある程度スキーが操れるようになった。怖い急坂や壁も平気に思える。四日目以降は、チコは見違える滑りをした。多少、自信も生まれたようだった。

キャサリンのバケーションが終わる頃になると、彼女の得意な直滑降にもついて行けるようになった。彼女はその進歩を褒めてくれた。そして「常にアグレッシブに行動すること、自分を主張すること、忘れないでネ」と言った。

この教訓はその後のチコの人生に大きく役立った。

キャサリンの親友達が集って作っている女子会がある。

そのパーティーでチコに紹介されたのがアン・マクレガーだった。アンはバスケットボールの名選手であったが、交通事故に巻き込まれて選手生命を断たれた。今は小さなクラブでバスケのコーチをしている。チコに教えたいと伝えてきた。チコも興味があったので、毎日アンのもとに通った。

ドリブル、パス、シュート、ダッシュ、基本から繰り返し教えてくれた。

アンのバスケにかける情熱がすごいものがあることは、チコにも感じられた。だからアンも真剣だった。フォーメーション、戦術のあれこれ、すぐに身に付くものではない。でもアンは、チコの並外れた能力に注目した。例えばジャンプ力、通常の倍はあった。ダンクシュートやロングシュートを得意としていた。初めはなかなかゴールできなかったが、だんだん正確なシュートが打てるようになると面白くなり、チコはのめり込んでいった。バスケがアメリカでは人気のスポーツだということを知った。

九月は入学シーズンで、チコもシアトルの高校に入学できた。

英語習得訓練の苦労の甲斐あって授業について行けたし、友人もできた。

バスケット部から熱心に勧誘されたので入部することに決めた。入ってみると、この高校はバスケットでは名門校で、推薦入学で来る優秀な選手も多かった。推薦で大学に進学する者もいたし、プロチームにスカウトされる逸材も輩出するらしい。だから学校も力を入れていて、コーチ陣も揃っているし、監督も名プレイヤーだったらしい、温厚なジェントルマンである。

皆が注目したのはチコのジャンプ力であった。それと正確なシュート。ロングシュートはほとんどと言っていいほど決まる。ガードが束になってもチコがステップバックしてジャンプシュートすれば相手にならないのだ。

チコは仲間からも信頼されていたが、一年生ではレギュラーにはなれない。層が厚いのだ。激しいスポーツだからケガも多い。一種の格闘技と言ってもいい。思い切り身体がぶつかり合うのだから、ケガを恐れていたのでは仕事にならないのだ。皆どこかしらケガをしていても、目標があるから、夢があるから無理をする。その結果、競技をあきらめることに至る場合も少なからずある。アンのようにコーチとしてバスケに関われる者はそれが好きだった人にとって救いなのかも知れない。

スポーツでは、名プレイヤーは必ずしも名監督になれないと言われる。監督や指導者になると、プレイヤーに自分と同じレベルの技術を求める傾向がある。しかしジョンソン監督は怒らない。選手のプレイをほめる。選手にもよるが、若い選手は褒められて伸びる子が多いのも事実である。チコは確実にレベルアップした。コーチもフレンドリーでやさしかった。練習は厳しかったが、誰も不満を言う者はいなかった。名門校であったし、皆誇りに思っていた。

二年生になるとチコはレギュラーに抜擢された。その頃からチームは練習試合も連勝を続けた。公式試合も負けなし。地方紙に「エルコンドルパーサ（コンドルは翔んでいる）」という見出しで、

「シアトルの高校に南米よりコンドルが翔んで来た。彼のダンクシュートはあたかもコンドルが翔んでいるような、ずば抜けたジャンプ力、ロングシュートの正確さ。今年はメンバーが強力なので全米選手権に連れて行ってくれるであろう！」

「チコという愛称はスペイン語で小さな子供という意味があるようだが、今やチコと呼ぶのはやめて、ジャンボ（巨人）と呼ぶべきだろう」

とジョークを交えて記事が結んであった。

成績は地区大会優勝でそれ以上は望めなかったが、チコはスタープレイヤーとして再三新聞に取り上げられた。なので大学のスカウトが接触してきた。大学のキャンパスライフも面白いかも知れない。自分はこの頃どちらに向かうか、どうしたいのか分からないでいた。

応援部も、チアリーダーは若々しくエネルギッシュで大会で賞をもらうほどのテクニックを

持っていた。一糸乱れぬ演技は定評があった。

チアガールのキャプテンはダイアナ。彼女は頭が良く、誰にも好かれる性格で、キャサリンも試合には応援に来て黄色い声を張り上げていたので、どこかで会って仲良しになったようだ。

キャサリンがチコにダイアナを紹介してくれた。その後、二、三度会ったのだがこれが困ったことになった。

ある日、見知らぬ男から呼び出された。ジョージ・フォスターというアメリカンフットボールの選手で、ダイアナに惚れているらしい。乱暴な奴ですぐ殴ってきた。鼻血が出た。生温かい血をなめた。思わずニヤッと笑った。チコが脇腹に蹴りを入れた。脇骨が折れたかも知れない。それ一発でジョージの仲間の三人が戦意喪失した。

チコがジョージを病院に連れて行った時、理由が分かって大笑いしたが、ジョージは真剣だったようだ。だからと言って、ダイアナは物ではないのだから、チコがあげると言えるものでない。正々堂々と交際を申し込み、ダメだったらあきらめるよう、結論が出た。ジョージもスポーツマンである。後日、申込んだところ、色良い返事ではなかったものの、嫌いではないということなので、付き合ってもらえることになった。後にチコにとってジョージは一番信用できる、アメリカでの友人となった。大男なのに純情で愛すべき奴だった。

アメリカは先進国だ。チコにとって全てが学びの場であった。

精神的にも肉体的にも鍛えられた。狭い世界しか知らない若者に、別の世界を見させてくれた。そういう機会を与えてくれたギャノン家の皆には感謝しかないのだ。

アメリカ滞在が三年経った頃、ペルーからウルヘンテ（至急）の電報が入った。

「ドン・パウロ重体すぐ帰国せよ」

ギャノン夫妻とキャサリンに相談すると「一刻も早く帰国するべきだ」という意見だった。すぐ身支度を整えたけれど、あいにくクリスマスが近かったので、どの便も満席状態だったが、種々調べてもらったところ、ロサンゼルス発リマ行きのファーストクラスの席があることが分かった。

すぐキャサリンの愛機スピット・ファイヤーでロス空港に飛んだ。チェックインができた。ファーストクラスのボーディングパスを渡された。

そして「これはギャノン家と私の気持ち、受け取ってネ」と言って白い封筒を渡された。一万ドル（当時一ドル三六〇円）の大金を餞別としてくれた。

「こんな大金、頂く訳にはいかない」と言うと、「生意気言わないで、必ず戻ってくるのよ」と彼女は言ったが、出発ゲートの前でハグした時、あの気丈なキャサリンの目に涙があふれていた。なぜかもうチコに会えない気がしたそうだ。誰の目も気にすることのない別れのキスだった。

それからが彼女らしかった。「ネバーフォゲット」と言って片手を挙げてクルリと後向きになると、足速に空港を後にした。

「アエロペルー（ペルー航空）は定刻に出発します。ご搭乗の方で病人やお子様連れの方はお先に願います」

搭乗案内があると、ファーストクラスは、エコノミーやビジネスクラスより先に機内に案内された。全員乗ったと見えて、定刻に機は滑走路の方に進んだ。しかしなかなか飛ばない。誘導路の途中に止まっているのだ。何の説明もないまま、二時間も待たされた。キャビンアテンダント（客室乗務員）に聞いても要領を得ないまま、ただ待たされた。急ぐ旅だ。早く飛んでくれ、祈るしかない。

そうこうしているとハッチが開いて、華やかな一団が乗り込んできた。

軍服に飾られた沢山の勲章を見ると、ペルー軍の上級将校であることが分かった。酒が入っているのか、大きな声で談笑している。夫人達はくさい香水をプンプンさせ、黄色い声で話している。行儀が悪い。機は彼らを乗せるとすぐ離陸した。従って離陸が遅れた理由はこれだったのかと思った。

アエロペルーは国営だった。だが政府の要人が思うがままにして良いということにはならない。

それもペルー国内であれば多少の無理もきくことがあるかも知れない。この機は国際線である。国際線ではナショナルキャリアとして守るべきルールがあるはずだ。ルールには従うべきだ。

今までのチコだと、こんな不条理は見ても黙して語らず、静かにしていたに違いない。アメリカで厳しく鍛えられたのは何だったのか。チコはこらえられなくなって叫んでいた。

「静かに！　静かにして下さい」

一番偉そうな男に向かって、

「あなたは我がペルー国の誇る国軍の最高指令官と聞いております。規律を破った人達はどう扱われるのでしょうか。この機は国営です。ペルー国内であればまだしも、国際線旅客機である機にトラブルが生じたとか、よほどのことが生じた遅延であれば仕方ありません。皆さんのお話を聞いていると、私用で遅らせたようです。極めて許されざる事例だと申し上げます。

この機にはクリスマスを家族と祝うため、南米に帰国する人々が大半なのです。私のように父が危篤で一分一秒でも早くかけつけたいと思っている者がいるのです。高級官僚のわがままや私用で二時間半も遅らせたとあれば許しがたいことです。遅れたことは戻すこともできません。でもこの責任は感じて頂きたい」

涙ながらのチコの話を聞いたトップとおぼしき人が「機長を呼べ」と言ってコックピットから出てきた機長に、声を掛けた。

「やあ機長、私はフィリッペ・トーレス、ペルー国軍の将軍である。この機の進行状況はどうかね」

「ロサンゼルスを離陸しまして高度を維持、速度も順調に保っております」

「全速力であれば少しは滞空時間が短縮されると思うが」

「ハイ、将軍、ロスーリマ間は約十時間です。悪い気流に合わなければ、一時間は短くできるかも知れません」

「クリスマスも近く、乗客は一分一秒早く到着することを望んでいる。君のような優秀な機長に会えて本官は感謝しておる」

そう言って立ち上がった将軍は、機長に向かって敬礼するのであった。つられてか機長も敬礼して、応えた。

「閣下のような方にご搭乗して頂き、誠に我々クルーの誇りであります。全力でリマに向かいます」

「ヨシ！　ご苦労」

機長がコックピットに入るのを見て、チコにニヤッと笑顔を見せた。

これがトーレス将軍との出会いであった。

「君の父は何をされているのかネ」

「フォトス・エスメラルダを経営しています」

「サン・イシドロのエスメラルダかね」

ハイそうですとチコが答えると、将軍が次のように尋ねた。

「私も妻も何度か行って記念写真を撮ってもらっている。妻や娘が美人に撮れていると気に入っていて、友人達に紹介している。評判が良いということだ。ということは君もハポネス（日本人）かね」

「いいえ、セニョールタマシロ（ドン・パウロ）は養父で大恩人なんです。私はインディオのケチュア族の出です」

「事情が分かった。今後、私が君のパドリーノ（後見人）になろう」

と約束してくれた。

将軍はメスティソ（白人とインディオの祖先が混在）出身のようで、チコがインディオと聞いて親近感をいだいたのかも知れない。

将軍は以前この少年に会ったような気がしていた。記憶をたどっても接点などありはしない。

だが思い出していた。それは大統領府の大統領執務室を出たところ、食堂の奥の二階のサロンに絵画が飾ってある。昔、スペイン人の征服者に戦いを挑んだインカの勇士、スペイン人に捕らえられ、みせしめに地球上最も残酷な方法で処刑されたというトゥパック・アマルだ。そうだ、チコはアマルと横顔が酷似していることに気づいた。

「いいかね。一つ言っておくことがある。この世の中、正しいことだけが正義とは限らない。正義でないとしても、男はやるべき時はやるのだ。私も策略、奸計に何度も巻き込まれてきた。汚い水を飲めと言われて飲んだこともある。人生全てが勝負だ、負けてはいけない」

トーレス将軍は過去を思い出してか、そう言って笑った。将軍は現在の地位に就くまで大変な道を歩いたようだった。

チコは将軍が好きになっていた。将軍との間に温かな、友情と言えるか分からないが強い絆を感じていた。

トーレス将軍が隣の席に移ってきた。チコが挨拶しようと立ち上がる。

「お、大きい」

将軍が驚きの声を上げた。チコは二メートル程の大男である。小学生が大人に物を言っているようで具合が悪い。将軍の権威が失墜するようで困る。

「座りなさい」と命令して、チコが座ると安心したように話し出した。

「先ほどの件であるが、多少の誤解もあったようだ。我々は我が国のある難問をいかに解決できるか、秘密裡にアメリカとやり合った。そして有利に事が運び、帰国前にお祝いをしたということだ。勿論、遅れたことは申し訳ないのだが、ペルーを救った我々の使命が果たされたことに免じて許してもらいたいものだ」

「若輩者の私が閣下に、出すぎたことを申し上げてしまいました。ただ、危篤の父のことが心配で心配で……」

「君の父はどんな状態なのか」

「分かりません。危篤とだけ知らされているのです」

ペルーのホルヘ・チャベス空港に到着すると、将軍の厚意で武官が先導してくれた。入国管理局、アドワナ（税関）、ポリシア・フィスカール（秘密警察）、ポリシア（警察）をフリーパスで通り抜けると、到着口は深夜にもかかわらず出迎えの人垣であった。表に横付けされた軍の緊急車輛に乗ると、街灯もなく真っ暗な深夜のリマ市街を、警笛を鳴らし全速力でサン・イシドロに向かい、あっと言う間にエスメラルダに到着した。軍の車がこの夜更けに何事かと、門番の若者が飛び出してきた。チコがその車から降りてきた。

「今日電報を打ったのに、もう着いた。良かった、良かった。早く父に会いなさい」

長男のアレハンドロが疲れ切った顔に笑みを浮べて奥を指さした。

ドン・パウロはベッドで寝入っていた。周りには医師、息子、使用人らが心配そうに見守っていた。

前々から身体がだるいと言っていたが、病院嫌いで三日前に倒れた。医師が言うのには病名は肺ガンで、転移しているので手術はできない。ドン・パウロは苦しい呼吸の中、「チコに連絡してすぐ帰るように」とアレハンドロに伝えた。

早朝の四時頃、ドン・パウロは目を覚し、「チコ、チコ」と言った。

ベッドの周りには長男アレハンドロ、次男オラシオとチコと医者。

「私の子供達、わしは近く神様に召されるだろう。仕事はアレハンドロに協力し盛り上げていきなさい。今までチコについて何一つ言ってきていない。六歳の時、母親に連れられて我が家にやって来た。今、本当のことを語るべきだと思う」

ドン・パウロはそう言うと一息ついて、枕元に置いた一通の手紙を手に持った。

セピア色に変色した、以前、チコの母オクヨがドン・パウロに渡した手紙であった。

第二章　日本人移住者

一八九九年（明治三十二年）、日本郵船の佐倉丸（二千九百七十五トン）がペルーへの第一航海で七百九十人の移住者を乗せ、四月三日ペルー国カヤオ港到着。第二航海は一九〇三年、デューク・オブ・ファイフ号、千百七十七名の契約移民がペルーに到着している。

第一、第二次の日本人移民は契約移民でありながら、過酷な労働と酷悪な衛生状況に加え、マラリアや恐ろしい風土病で過半数はペルーの土となった。当時の政府はこれらの事実を隠し、移民政策を推し進めたのである。

一九〇六年（明治三十九年）、日本郵船の厳島丸は第三次ペルー日本人移住者七百七十四名を乗せ、十月十一日に横浜港を出航した。港は船の出航を見送る黒山の群集に埋め尽くされていた。出発のドラの音と共に岸壁を離れ、三十六日余の航海に出たのであった。

乗客はまだ見ぬ南米の大地に夢を馳せ、希望に胸をふくらませていた。

玉城尚徳は厳島丸に乗船していた。デッキの上で横浜の港や遠ざかる日本の島々を眺めていた。船が外洋に出た。木の葉のように揺れる。幾度も吐いた。でも明るい未来の前ではなんともない出来事であった。

数日もすると、デッキの上で思い思いに走っている人、体操する人がいる。その中で空手をやっている男がいた。一メートル八十センチくらいの大柄な男、田畑壮吾《たばたそうご》君だ。松濤館流だという。玉城も沖縄流の有段者なので、たちまち仲良くなった。朝、二人で組手、形等で汗をかいた。それで航海は楽しいものであった。熊本生まれの壮吾は九州人らしい、ぼくとつとした豪快な男であった。

ペルー建国は一八二一年、スペイン植民地より独立してペルー共和国となった。海岸地帯で働いていた黒人奴隷を解放したため、綿花やサトウキビ耕地の労働力が不足した。

そこで中国の下層労働者（苦力《クーリー》）が農奴として扱われた。その数、十万人。生き残ったのは三万人くらいだと言う。

その後、奴隷商人はポリネシア・カナカ族を売買していたが、風土病やマラリアで大半が亡くなっていった。そんな状況の中で、日本人移民が始まった。ペルーの農場監督者には中国人と日本人の区別がつかず、契約移民でありながら奴隷制度の悪しき風潮が残っていたため、同等の扱いを受けた日本人移住者も多かった。

厳島丸が港に入り、日本人移民達が入植地に向かった。

不毛の砂漠である。乾燥地帯で遠くに見える山も大地も全て褐色で、草木は一本もない。緑豊かな日本からやって来た移民たちはまず驚いた。

移民会社の説明とは全然違う生活が待っていた。住居は長屋造りで、外壁はアドベ（日乾しレンガ）、窓はなく、幅六メートル、長さ百八十メートル、土間の部屋には粗末な寝台があるだけ。長時間の仕事が終わり、寝る時間も短かった。言葉も分からず食習慣も異なり、しかも著しく体力を消耗する重労働に苦しんだ。

「耕地主は従来の奴隷制度の習慣を脱せず、農場はさながら一国にして耕地主は国王たる観あり。懲罰は勿論、生殺与奪の権は一に耕地主の意に従い、農場内はまた国法の及ぶところではない」

在メキシコ兼任室田義文公使に報告している。

労働条件改善など労使交渉など耕地で望むべくもなかった。

玉城と田畑は同じ耕作地であった。二人共、頑強な肉体と体力があったので耐えた。しかし過酷な労働は果てしなく続くのだ。

田畑は食堂の下働きの女の子と話すようになった。十歳くらいであろうか、インディオのいつもニコニコしている子で、皆にクイ（天竺ネズミ）と呼ばれていた。クイのようによく働く子で、クイと呼ばれても嫌な顔をしない。

いつも暇があると田畑の部屋に遊びに来た。そこでスペイン語とインディオのケチュア語を教えてもらった。勿論、彼女は文字を書くことはできないが話すことはできる。三年の耕地での暮らしは文字通り大変だったが、玉城も田畑もクイのお蔭でスペイン語で通じるようになっていた。

サトウキビは成長すると四メートル以上になるイネ科の多年性熱帯植物である。

茎は直径五センチくらい、竹に似て節があり、地下茎から何本かの茎が株をなして生えている。どの茎も茎分かれせず真っすぐに一本ずつ伸び、先は次第に細くなり、成熟すると先端に複穂状の花が開く。葉は細長く一、二メートル、幅七、八センチ。茎の節のところから互い違いに出ていて、一茎に十枚あまり、中脈は厚く堅く、葉はピンと立ち、葉の縁は鋸歯状で鋭く、触れると肌を傷つけた。茎は堅く、節間はロウで覆われ、内部に柔らかな髄質が詰まっている。そこに糖分（蔗糖）が蓄えられる。

サトウキビの先に穂が出て、青々としていた畑が白っぽく見えると収穫期で、含まれる糖分も一番多くなる時期である。

灌漑用水を止めサトウキビが枯れるのを待って火を放つと、葉だけが焼け落ち、畑にはカニャ（サトウキビの茎）が残り、燃やすことによって茎に含まれている糖分も増すのである。刈り取りはマチェテ（刃渡り五十センチ、長さ八十センチの山刀）で行うが重い。一気に茎の根元から断ち切っていった。刈り取ったカニャは束ねて牛車に積み込み、耕地まで来ていた軽便鉄道の貨車まで運び、鉄道で製糖工場へ運んでいた。

刈り取りが済んだ耕地ではサトウキビの茎を掘り起こし、その後、畝を作り、肥料を施し、苗を植え、生育するまで十数ヶ月を要した。ペルーは一年中サトウキビの植え付けができた。広大な耕地を区切って栽培時期をずらし、何度かにわたって収穫ができるようにしていた。

サトウキビが成長する時期はつらい除草作業が続いた。

サトウキビの茂みの中は風もなく蒸し暑く、サトウキビの鋭い葉が顔や腕を傷つけた。肥料を施す作業、セキア（用水路）の溝掘りや溝浚《さら》いをする作業があった。セキアはマラリア蚊の巣窟で、そこでの作業はマラリアに罹る危険性が高かった。

そして恐れていたことが現実になった。玉城がマラリアに罹ったのである。

多くの移民が命を落とした病気で、最初、高熱が続き、その後、布団を幾重にしてもガタガタ震える寒気が襲いかかる。

医者もいない。マラリアにはキニーネという薬しかない。

一ヶ月で体重が十六キロも落ちた。後遺症で万全でなかったが働くしかなかった。そしてペルーで生きるには首都リマに行くしかないと思った。

田畑に相談した。体調不十分な玉城の提案は重かった。リマまでの道筋が分からない。クイに相談したところ、リマまでの道案内を引き受けてくれた。必要な水、食料をコツコツ揃えた。耕地を逃亡する移民を連れ戻すため、銃を持った追手が馬で探しに来る。リマに行く道路は危険だと考え、道なき砂漠の中を玉城と田畑とクイは歩き始めた。暗闇の底のような砂漠の丘を上がったり下がったり、砂に足をとられながら黙々と歩き続けた。

これが思ったより大変で、目印のない砂漠である。この時、クイにすごい能力があることが分かった。夜は星を見て、昼は遠くの山の形を見て、これがインカの知恵なのか的確に道を先導してくれた。耕地からリマまで百六十キロ。悪いことに体力が落ちていた玉城が足を踏み外し、怪我をしてしまった。砂漠の真ん中である。昼は太陽がジリジリ照りつけ、夜は寒さに震える。一刻でも早くここを抜け出さなければならなかった。痛い足を引きずって、重い荷物を担いでいる田畑の肩を借りて支えられながら歩いたが、そのうち歩けなくなった。玉城はこのまま残して行ってくれとお願いした。田畑は自分の荷物を捨てて、玉城を背負った。玉城の目から涙があふれ出た。自分の不注意で足を怪我したことを悔やんでいた。田畑の友情と男気に大いに泣けた。

この時、もし生きていられれば、この借りを倍にして返そうと心に誓った。

幾日かの困難な苦しい旅が終わりを告げた。三人は山の麓の村に着いた。

村の中を川が流れている。思い切り飛び込んだ。川は意外に広かった。アンデスの山から流れ出た川は冷たくて長時間入っていられないほどだった。

クイが一軒の農家と話をつけてくれ、泊まることができた。

農家はインディオの夫婦、子供三人との五人暮らしであった。

ケチュア語しか話せないが、クイがいる。田畑も多少言葉が分かるので、玉城の怪我が治るまで数日、世話になった。農家の主人はやさしい人で、貧しい中で精一杯、気を使ってくれた。

クイが珍しい動物を捕まえてきて「これがクイ」と言った。モルモットを大型にしたような、山猫のようでもあるし、子ウサギのようでもあり可愛いらしい。先ほどまで家の中を走り回ってチョコマカとしていて、その仕草が彼女を連想させて付けられたニックネームだと分かった。

彼女の本名はミチータということだが、その後もクイと呼んだ。クイはクイと呼ばれても嫌な顔をせず、相変わらずニコニコしていた。

農家を出る日、主人はご馳走してくれた。肉入りポトフだった。

後でクイが言った。

「あの肉はクイよ」

家族の一員として飼われたクイがタンパク源として皆の役に立つ。なんだか少女クイの一生と重なってセンチな気分になった。

リマに入った玉城は、当時一番の繁華街アバンカイの中央市場近くの中華料理店で働くことができた。住む場所と三食付き、給料なしの条件であった。働いてみると多少のチップが入った。そのうち料理も見よう見まねでやり始めた。

ある程度料理が作れるようになると、多少の給料がもらえた。遊ぶこともない。タバコも酒もやらない。ともかく働いた。

六年後、近くの空きビルを借り、カメラ店をオープンさせた。

その頃の写真事情はドイツのライカとか、アメリカのコダック、日本のニコンくらいで、旅行者もカメラを持つことは少ない。写真は高価だったけれど、リマッ子達は写真好きであった。

初めは小さな店だったが人々の評判になり、店も拡張していった。

玉城は沖縄出身者でつくる「頼母子講」に入った。互助会のような組織で、まとまった大金が借りられた。

当時、田舎町のサン・イシドロは高級住宅街であったが、広い、どこぞの大使館だった廃屋が安く買えた。その跡地に二年かけ自社ラボを作った。自社で現像、焼付、修整する。職人が必要だったが腕の良い職人が集まった。

あの頃は写真が高価だったが玉城の写真館は繁盛した。社名を遠い故郷の沖縄の海の色、エメラルドグリーンを思い浮べ、フォトス・エスメラルダと命名した。

リマッ子は事あるごとに、つまり、結婚式、誕生日、入学式、記念日、クリスマス等の人の集まる時はほとんど写真屋が呼ばれた。

エスメラルダには三ヶ所のスタジオがあったけれど、いつも予約で一杯であった。そして職人の腕が良いのが、美しい人はそれ以上に、そうでない人はそれなりにする修整技術が巧みなものだから顧客は増えていった。

玉城尚徳は初めパウロタマシロと言われていたが、その後、ドン・パウロと呼ばれた。パウロは聖人名なので恐れ多いが、皆がそう呼ぶので自然の成り行きでそう呼ばれていた。

エスメラルダが開店した時、田畑が駆けつけて祝ってくれた。十数年ぶりの田畑は相変わらず元気だった。互いに抱き合って涙がとめどもなく流れたのだった。

一九二〇年前後には、ペルー経済は第一次世界大戦以来からの好景気が続き、アメリカの資本援助もあってリマ首都圏一帯では上下水道が整備され、公園や広場、都心から郊外に通じる道路もでき、近代的都市の様相を整えつつあった。

その頃のリマには日本人が多くの軽食や喫茶を提供する茶店、コーヒー店、洋食店を開いていた。

田畑は小さなエンコメンデリア（日用雑貨、食品店）で働いた。エンコメンデリアは商品の回転も速く、労力さえいとわなければ短い期間で商売として成り立つほどの利益も出た。

田畑は二年で独立して海岸近くのミラフローレスに店を構えた。骨身を惜しまなかった。店舗を拡大し、従業員も増えた。

リマッ子が欲しい物は全て揃えてあるし、店員もていねいに応対した。地元の人々に好評であった。二十年の努力の結果、皆に誇れる家族と店員を得て、商売も順調、教会にも多額の寄付をさせてもらっていた。

一九四〇年五月十三日月曜日午前十一時三十分。

反日デモ行進が始まった。根も葉もないデマが書かれたチラシを見た、由緒あるペルーのグァダルペ中学の生徒達がそれを信じた。学生のデモ行進に弥次馬も加わって、日本人の店は掠奪された（この時の掠奪の民衆の行動をサケオと呼ぶ）。被害に遭ったのは五百八十八軒、被害額は当時の金額で六百万ソーレス（現在の日本円で約二十三億円）と推定されている。

日本の新聞でも「秘露《ペルー》にて排日事件、邦人商店も掠奪破壊」「暴虐ぶりは目に余り、同胞苦心の結晶も廃墟」と報道した。

田畑は不在だったが、経営店の店員も多くのペルー人の掠奪には無力だった。その上、田畑の家族は殺され、店に火が放たれた。田畑が帰った時、クイが泣いていた。クイの子供オクヨが中にいる。田畑は炎の燃え盛る店内に飛び込んで、泣き叫ぶオクヨを発見、助け出した。なんとか這い出したが、燃えた柱が落ちて身体に当たった。オクヨは多少ヤケドをしていたが元気だった。田畑は大変な怪我で通常の生活に戻るまで数ヶ月かかった。

逃げた店員から、妻と子供が殺された事実を知らされた。尽くしてきたペルー人に裏切られた思いで田畑は肉体も心も壊れた。

サケオは後々まで忘れることができず、田畑の心に深い傷となって残った。

クイは食堂で下働きをしてくれていた。サケオの日、たまたま娘を連れて来ていて事件に遭った。

あの時、田畑が火の中に飛び込まなかったらオクヨの命はなかった。オクヨが生き残った代わりに田畑が大怪我をした。クイは田畑のために一心にマリア様に祈った。あの日から毎日、クイ母子は病院に通った。

クイとオクヨの笑顔が心を癒やしてくれた。

若い頃、鍛えた肉体も脆いもので、退院しても体力は元に戻ることはなかった。生活は今までの貯えもあり、暮らすことはできたが、家族を失った苦しみは消え去ることはなかった。あれから十二年、田畑の身の回りのことはオクヨがした。買い物、掃除、食事の用意まで彼女は懸命に尽くした。

　オクヨは十八歳になっていた。インディオは十四歳で結婚適齢期なので、相手を見つけるよう言ったことがある。クイに言われたのか、オクヨが進んでそうしたのか、ある晩、オクヨが田畑のベッドに忍んできた。田畑の勇気がなければなかった命であることは、クイから繰り返し聞かされてはいた。とは言っても田畑のやさしさや思いやりがオクヨには嬉しかったので当然の如くそうした関係を持ったことに、戸惑いも何も感じていなかった。そして子が授かった。新しい生命の誕生に喜んだ田畑が身体の異変に気付き、検査したところガンが見つかった。けれど当時の医療技術では手術もできない。弱っていく身体で考えた。

　オクヨを慕う青年ペドロを呼んで事実を伝え、結婚してもらった。そしてオクヨに、子供が五歳になったら、サン・イシドロの友人フォトス・エスメラルダのドン・パウロ（玉城尚徳）を訪ねなさいと手紙を書いて渡したのだった。

　それから半年もしないうちに田畑は帰らぬ人になった。

　残った財産はクイとオクヨ、ペドロに分割した。

　この三人と子供が田畑壮吾の最期を看取ったのである。享年六十五、この時代を懸命に生きた男の死であった。

玉城尚徳殿
貴下の写真館開店の折、お会いして以来、何年経つことでしょう。この手紙が届く頃、私はこの世におりません。貴兄と横浜を出港した頃が妙に思い出されます。二人共若かった。ですから何にも耐えることができました。私の家族はあのサケオで殺されました。店も焼かれ、私自身、大怪我をしてしまいました。クイの娘オクヨにこの手紙を持たせます。子供はオクヨと私の子です。

名前はリカルド・フェルナンデス・パレーデス。日本名、田畑壮です。

貴兄には迷惑な話だと思いますが、どうか壮のことお願いします。私は悪性のガンになり余命幾ばくもない。壮のことを思うと死んでも死に切れん。尚徳、助けてくれ！

田畑壮吾拝とあった。

「この手紙は親友田畑壮吾の魂の叫びだ。壮吾にわしは助けてもらった。これまで生きてこれたのは壮吾がいたからだ。壮吾から受けた恩は今返すしかない。チコがペルー人として生きるか、日本人として生きるか、どちらを選択するにせよ、タマシロファミリーで全面的に支援してあげなければならない」

それだけ言うと疲れたのか眠りに落ちた。

そしてその三日後、ドン・パウロ、玉城尚徳は神に召され天国に旅立った。享年七十四。

その後行われた葬儀には在ペルー日本大使館、アメリカ大使館、中央日本人会の関係者が参列した。

トーレス将軍の手配でペルー国軍儀仗兵数十名が参列して、平民としては壮大な葬儀となった。

アレハンドロ、オラシオ兄弟はなぜ軍隊が出席してくれたか分からず、出席者全員もただ、今までに見たことのない壮大さに驚いたのである。

チコは父として慕っていたドン・パウロを失ったことの心の痛手で葬儀の日以来一ヶ月ほど自室に籠っていた。そのショックが分かるだけに、周りの人々は話しかけずに立ち直るのを温かく見守っていた。

養父ドン・パウロを失ったこともショックではあったけれど、「君は日本人だ」と言われたことが大きかった。父はペドロだと信じていたのだ。

空手道場の師範、日本大使館の人々、中央日本人会の人、日系新聞社の人。勤勉で正直。髪は黒、大体髪は七三に分けている。眼鏡をかけている。背は高からず中肉中背、仕事では必ず背広を着ている。
チコはそういった印象を日本人と言うと思い浮ぶ。

僕は絶対、日本人ではない……でもこんな背の高いインディオがいるだろうか。見たことがない。日本人にだってそう大きな人はいない。

いや、一人だけいた。ムセオデアマノ（天野博物館）の天野芳太郎先生だ。インカの遺跡を発掘し続けた、いつも胸を張って年齢を感じさせない、その情熱は老いることなく、会えばいつもニコニコやさしい人だ。若い頃にさぞ背が高かっただろうと思った。

ついでに言えば、一緒にいる奥様が若くて品があり美人だったと記憶に残っている。

多くの日本人と比べ、俺は同じ日本人と言えるかどうか。

これからどうやって生きていけばいいのか。

その時、キャサリンやギャノン夫妻の笑顔を思い出していた。

そうだ、俺はアメリカに行くべきかも知れない——そう決心がついた。

それから三日後だった。早朝、守衛の呼び声で起こされた。

窓を開けると、「インディオの子供が二人、門の前でチコ、チコ、兄チャン、兄チャンと叫んでいます」と言う。チコには弟妹はいなかった。首をかしげ門に近づいた。「僕がチコだよ」と名乗ると、二人のインディオは喜んだ。二人は兄妹のようだ。そして、よほど疲れていたと見えて気を失った。写真館のかかりつけ医を呼んだ。

「疲労と貧血があるけれど二、三日寝れば体力も回復するでしょう。ブドウ糖の注射を打っておきましょう」

ペルー人の医者は見立てしかしない。病名が分かれば薬屋に行き、処方箋通りの薬を買い、注射する場合は注射屋に行く。こうしたシステムだから面倒と言えば面倒だ。

チコは二人に付き添った。今で言う熱中症でもあったのか、夜中に熱が出た。冷水で額や身体をぬぐってあげた。そしてよく見ると少女は母オクヨに似ていた。もしかしたらとある予感が心の中を駆け巡った。

ともかく二人はよく寝た。三日目の朝、目を覚ました。

タマネギのスープとバナナを食べ、また眠りについた。その後、正午の鐘が鳴っている頃起きて、キョロキョロと周囲を見渡して考えている。

今どういう状況なのか分からないのだ。

「僕がチコだよ」

チコがそう言うと、二人はベッドから立ち上がってチコにむしゃぶりついた。そして泣き出した。男の子はカルロス五歳、妹はエビータ四歳と分かった。

父ペドロ、母オクヨの間に子供ができたのは、リマを発ってから八年後。子宝に恵まれて、カルロスが生まれて、その次の年にエビータが生まれた。

ペドロの故郷はアンデスの山の中の村で、狭いながら水田もあり、山の畑ではトウモロコシ、ジャガイモ、何でも穫れ、水がきれいで平和な暮らしが営まれていた。

その平和が乱される事件が起こった。左翼ゲリラのセンデロ・ルミノソ（輝ける道）は主に山岳地帯の村々を襲い、食料を掠奪。意に沿わない者は撃ち殺し、果ては村に火を放ち焼失させた。若者は兵士として連行された。

父ペドロは殺され、母オクヨは二人の子供を逃がすため、峠のところまで送ってきて、村の方に戻っていった。その後、村の方から火が上がっているのが見えた。それきり両親の行方は分からない。二人は手を取り合ってリマへの道を歩き始めた。母の「リマにいるフォトス・エスメラルダにいる兄チコを訪ねなさい」の一言を胸に刻んでリマを目指した。

一度も村を出たことのない幼い子供達が、母の言いつけを守り、リマを目指して旅立った。リマまでの何千キロの道を歩いただろうか。時には馬車に乗せてもらい、あるいはトラックの荷台に乗せてもらった。三千メートルを超す峠も幾つか越して、焼けつくような太陽の下を、兄に会いたいその一念で歩き続けた。別れの時、母が渡してくれたお金で飲み水と食料は買うことができた。それでも延々と続く砂漠の道は炎天の中、木もなければ家もない。

カルロスは妹エビータの手を引いて、胸を張って歩いた。泣きごとは言ってられない。エビータは兄の手をしっかり掴んで、私は泣かないと、心に誓うのだった。

やっとリマの都に着いた。この巨大な都市のどこに兄はいるのだろう。

チコは父ペドロと母オクヨの死は悲しかったけれど、この子達は初めての都会を、それも巨大な都市の中にある点のような僕を捜して会いに来てくれた。チコの胸は熱いもので一杯だった。一瞬でも違えば会っていないのであるし、きょうだいの強い絆を感じていた。そうだ、俺はこの弟と妹を育てなければならない。両親が一番望んでいるはずだ。こう思った時点でアメリカ行きは消えた。

この子達の為に一生ペルーに残ろう、そう心に誓ったのだ。

「この子達は私の弟妹です。両親は不幸にして亡くなってしまいました。身寄りは私しかいません。この子らを育てるのが私の使命です。前のようにここで働かせて頂きたいのです。この子達の養育費は私が払います。どうか、この家にいさせて下さい」

アレハンドロは笑いを浮べて言った。

「チコ、父が言ってただろう。君と僕らはきょうだいなんだ。一人、二人子供が増えたところでなにも変わらない。養育費くらいは家長になった私の責任で支払わせてもらう。父が亡くなっても約束は守る。沖縄県人の心意気というものさ」

今まで父の陰で目立たなかった彼が急に大きく偉大な男に成長したように思えた瞬間だった。

そして、その日からドン・アレハンドロと人は呼ぶようになった。

「兄さん、父の葬儀に参列して頂いた国軍のトーレス将軍にお礼を言いに一緒に参りましょう」

「そうだな、一刻も早く礼を尽くさなければいかん。将軍にアポイント（予約）を取ってくれ。取れ次第、出かけよう」

軍に連絡すると副官から「将軍はお待ちになっていらっしゃいます」と返答があった。

国防省の建物はさすがにドッシリとしている。これが国軍の最高司令機関と思わせる重厚なコロニアル建築であった。副官が前庭まで迎えに出ていた。先導して二階の一番奥の将軍執務室に案内してくれた。その部屋は広大で、赤いふかふかの絨毯、マホガニーの会議机、大きな暖炉、一番奥にトーレス将軍が笑顔でいた。そしてチコを手招きすると、少ししゃがむよう指示した。そうしないとハグができないからだ。

「先日は父パウロタマシロの葬儀の折、閣下のご手配で多くの軍の皆様に参列して頂き、立派な葬儀が終わりましたことをご報告すると共に、閣下が下されたご厚意に深く感謝申し上げます」

アレハンドロが口上を述べた。

「君が新しくエスメラルダの主人となったタマシロ君か。ワシはチコのパドリーノになった手前、多少のお手伝いをしただけじゃ。それから我が軍の知り合いにはサン・イシドロのエスメラルダを使うよう伝えてある。行ったらよろしく頼むぞ。そうだ、タマシロ君にキューバの最高の葉巻を差し上げよう」

「閣下、私はタバコはやりません」

とアレハンドロが辞退したところ、

「それは違う。君がやる、やらないかは別。もし私の部下なり顧客の中で喫いたい者がいたならば、エスメラルダのサロンでゆっくり味わってもらうのだ。コーヒーもケーキも有名な店の上等な物を揃えるといい。良い顧客はまた良い顧客を連れてくる。エスメラルダを格上の店にするために君のとる道の一つではあるまいか」

閣下から有り難い助言をもらい、感謝するアレハンドロであった。

「近いうちベラウンデ政権が終了して、軍人政権が樹立されるはず。左翼政権だからキューバから特産品の葉巻が入ってくる。ソ連からミグ戦闘機数機を購入する案もある。これは機密事項であるな」

「閣下、私の弟妹が見つかりました。まだ五歳のカルロスと、四歳のエビータです。両親はテロ組織センデロ・ルミノソに襲われ殺されたようです。子供達は私が育てなければなりません。そこで、私にできる仕事を紹介して欲しいのです」

チコが言うとアレハンドロが慌てた。

「チコ、閣下に何ということを言うのだ。弟のご無礼お許し下さい。家長の私が責任を持って子供達を育てます。ご安心下さい」

チコは本気だった。じっと将軍の顔を見入った。

「パドリーノの私に、ある考えがある。これもまだ秘密事項であって、その時が来たら話す。良いかセニョール、リカルド・フェルナンデス・パレーデス。君にやってもらう仕事が一つ浮かんでいる。後日ゆっくり話そう」

リマに戻ったチコは名門サンマルコス大学に入学していた。平和な学園生活だったがベラウンデ政権の終わり頃はセンデロ・ルミノソやトゥパック・アマル革命軍（ＭＲＴＡ）等のテロ行為が目についた。

チンボテの送電線基地を爆破しリマ市内の電気を止める、山岳民族への掠奪、放火、殺人も多くなっていた。

国防省を出る時、アレハンドロの両手に余る一箱五十本入りのキューバ産葉巻が十箱、将軍から贈られていた。

チコのきょうだいであるカルロスとエビータは体調も戻って元気だった。

アレハンドロと共に家に帰ると、カルロスとエビータが子犬のように飛び出してきて、チコにすがった。チコは二人にベシート（キス）した。エビータの大きな瞳、明るい笑顔、まさしくオクヨだった。母を思い出して胸が熱くなった。

インディオには風呂に入る習慣がない。生まれた時、産湯を使う。それ一度だけというのが多い。ペルーの海岸地方は乾燥地帯なので、何日経っても臭くなることはなかった。二人には毎日風呂に入るよう命令した。初めは嫌がっていたが石鹸で洗い、シャンプーで髪を洗うのがだんだん好きになってきた。服装も使用人の姉さんに買い揃えてもらい、いつしか門の前で気を失って倒れていたインディオとは別人となっていた。これからは教育が必要だ。チコは毎日少しずつ教えてみた。興味があるようで熱心だった。来年はカルロスが学校だ。あまり時間がなかった。

親愛なるミスターアンドミセス　ギャノン
シアトルに呼んで頂き、本当に有り難うございました。
アメリカでは毎日が夢のような素晴らしい経験をさせて頂きました。
お二人には何と言ったらよいか、お礼の言葉も見当たりません。
養父パウロタマシロは、私がペルーに戻って三日後に神に召されました。沢山の人々が葬儀に参列してくれました。あなたの知人のアメリカ大使館のリチャード・スミス氏も出席頂きました。

養父がいかに皆さんから信頼され愛されていたか、この時知りました。ペルー国軍より数十名の儀仗兵が列席し、大変立派な葬式を挙げることができました。

私の帰国に際しまして多額の餞別を賜わりまして誠に有り難うございました。整理がつき次第シアトルに帰るつもりでおりました。そこに私の弟妹が訪ねて参りました。

弟はカルロス、妹はエビータ、五歳と四歳です。私と別れた後、両親は父の故郷に帰って待ち望んでいた子宝に恵まれたそうです。両親の住む平和な村に左翼ゲリラがやって来て掠奪され、村人は殺され、村は焼け落ちたようです。何千キロもの困難な旅をしてきた幼いこの子達のために私は生きようと決心しました。

エビータは母似で大きな瞳、可愛い笑顔、エクボまで似ています。頂いた餞別はこの子達の養育費として使わせて頂きたいと思います。アメリカの父母の厚意に甘えて、楽しいアメリカ生活を送れたことと、お二人のやさしさを忘れずにペルーの地で生きていきます。本当に有り難う。永遠に神様のご加護がありますよう祈っております。

リカルド・フェルナンデス・パレーデス

親愛なるミス　キャサリン・シュトラウス
美人の私の先生、お変わりございませんか。

忙しい中、ロサンゼルス空港まで送り届けて頂きまして有り難う。お蔭様で養父パウロタマシロに会えました。

三日後、神様に召され天国に旅立ちました。

葬式は盛大で日本大使閣下をはじめ、アメリカ大使館のリチャード・スミス商務官、中央日本人会、国軍の儀仗兵数十名が参列して立派な葬式が行われました。養父は皆さんから信頼され愛されていたんだと改めて思いました。

整理がついたら、またキャサリンに会えると楽しみにしていました。

そんな時、私の弟妹が、私を捜してリマから数千キロの道程を炎天下、砂漠を歩き通してきたのです。両親は左翼ゲリラに掠奪され、処刑されました。平和な村まで焼き切るという残酷な者達によって生命を奪われたのです。

弟はカルロス五歳、妹はエビータ四歳です。私と別れた後、両親は父ペドロのアンデスの奥の平和な村に帰り、八年後に待望の子供が授かったのです。私はこの子達を育てる決心をし、ペルーに残ることを選びました。

キャサリン先生には一から教えて頂き感謝しています。

キュートでクレバーなキャサリン。アグレッシブで素敵なキャサリン。

私はあなたに、常に胸を張って堂々と生きるように教わった。夢のような三年間でした。

最後に余計なことをお聞きしますがお許し下さい。

キャサリンはなぜ離婚したのでしょうか？

どうして独身を続けているのでしょうか？

私がもう少し大人であれば絶対、一緒になりたいと思うだろうし、絶対、離さない。

生意気なことを聞いて済まない。

本当、あなたといたシアトルの生活は夢の中の出来事です。

空港で頂いた多額の餞別を、弟と妹の養育費にさせて頂くことをお許し下さい。

神様のご加護がありますように。

私の美しいお姉様。

リカルド・フェルナンデス・パレーデス

リカルド・フェルナンデス・パレーデス
お手紙受け取りました。君が去ったシアトルは町の灯が消えたようで暗い。

養父パウロタマシロ氏の葬儀は盛大でなによりでした。

それに重なって両親の訃報、さぞ力を落とされたことと存じます。

その代わりと言っては不謹慎ですが、可愛い弟と妹ができ、おめでとう。二人のために
ペルーに残るって、素晴らしい決断です。

餞別の件であなたは気にしているようですが、ペルーで盗られかけたアタッシュケース
に入っていた書類は、私にとって何物にも代えられない貴重なものでした。そのお礼とし
て受け取って下さい。

二人の養育費にしたいとの由、大変結構なことです。

君がシアトルに来て不自由しなかったか妻と話しています。

今でも君の部屋はそのままです。いつでも帰ってきて下さい。

この三年、君は我々夫婦を楽しませてくれました。身体に注意して頑張って下さい。

何かあれば我々がいつもついていることを思い出して下さい。

シアトルの父と母　ジョー・ケリーギャノンより

リカルド・フェルナンデス・パレーデス
養父パウロタマシロ様のご逝去、さぞ力を落とされたことでしょう。ご両親の死、誠に残念です。弟と妹に会われたこと、何千キロの旅、どうやってリマに着けたのでしょうか。

神様のお導きとしか考えられません。二人のため、ペルーに残ると決心したとのこと、勇気あるわ。

餞別の件だけど、ほとんどギャノン夫妻が出しているの。私はチョットだけヨ。養育費に充てたいそうだけど、有効に使っていただければ我々も嬉しいわ。

それに何ですって、私の離婚の原因が知りたい？

そうね、性格の不一致ということかしら。あの頃は私も若かったから、若気の至りということかしら。

それと、なぜ再婚しないかって？　大きなお世話ヨ。君も分かったでしょう。私には沢山のファンがいるの。もし再婚なんかしたら、ファンが悲しむだろうし、あるいは絶望の渕に立たされる人も出るでしょう。

君の豪快なダンクシュート、華麗な空手の演武、大胆なスキー、今でも記憶の中で生き生きと蘇ってくるわ。

君といて私も少しは輝けたかな？　君が私に恋したように、私も君が好きだったわ。もう人の陰に隠れないで堂々と男らしく生きるのよ。そしてシアトルに君を応援する美しい姉がいることを忘れてはダメヨ。

君の恋しい美しい姉　キャサリン・シュトラウスより

第三章　暗号名はコンドル

フォト・エスメラルダは将軍の指示通り、サロンを改装した。上得意客には葉巻、上等のタバコ、良質のコーヒー、ケーキのサービスをした。

スタジオは三ヶ所あったが毎日予約で一杯であった。

何よりも、この写真館の特色は、独自に現像所を持っていることであった。腕の立つ職人が多かった。修整技術も巧みだったから評判が良かった。リマッ子は写真が好きだった。スタジオのバックの風景は変えることができた。マチュピチュの遺跡ばかりではない。ヨーロッパアルプス、海外の有名地、さもそこに行って記念写真を撮ったかのようで、新婚旅行のような写真にはうってつけであった。

エビータはインディオの民族衣装を着てモデルとして出演して好評であった。

将軍の腹心の部下のミハエル大佐は眼光鋭く強面で、他の部下達は震え上がってしまうのだが、エスメラルダに来ると、子供達にベシートしてやる。時間ができると二人と遊んでくれる。

エビータは大佐が大好きで、会うとすぐ懐に飛び込んでベシートを要求する。大きな瞳、真っ白い歯、ケラケラよく笑う。大佐も自分の子供のように可愛がる。大佐が帰る頃、玄関でイヤイヤをして泣くのが常だった。

ある日、閣下のお言葉が伝えられた。

「国軍の将校クラスが出入りするのでゲリラに狙われ易い。門の前に警備兵を置く」という。

次の日、警備櫓《やぐら》が設置され警備兵二名が常駐した。この頃は強盗が集団で襲った等の話をよく聞くようになった。


第一回のプロジェクト作戦会議が国防省のトーレス将軍の執務室で行われた。

出席者は将軍、腹心の部下ミハエル大佐、空港警察署長、港湾警察署長、国境警備隊隊長の五名。

司会のミハエル大佐から「トーレス将軍閣下よりお言葉を賜わる」と伝えられると、将軍が立ち上がった。

「余が国軍のトーレス将軍である。忙しい中、諸君に集まってもらい感謝しておる。

先般、政府より発表があった輸入品禁止措置について、空港、港湾、国境で行われる密輸団の徹底取り締まりの強化を要請したい。最近では武装した密輸団も多く、社会現象となりつつある。これは見過ごす訳にはイカン。

その場合、すぐ軍が出動する。密輸組織はことごとく潰滅せよとの大統領からの厳命である。諸君は持ち場に帰り、このことを徹底してほしい。この件の責任者はミハエル大佐である。各部で協力して頂きたい。もし現場の係官がそれら組織と内通していた場合、厳罰をもって当たる。

以上、本日はご苦労であった。尚、諸君に大統領よりキューバ産の高級葉巻が二箱（一箱五十本入り）下賜されておる」

と言って、将軍自らが葉巻を各人に手渡したのである。

第一弾が放たれた。閣下の口元に笑みが広がった。

第二回作戦会議はエスメラルダの二階のサロンで秘密裡に行われた。ミハエル大佐が指令塔である。

出席者は国軍に出入りしている電化製品関係者、車輌関係者、酒・タバコ関係の実務者とチコ十名である。

まずチコが紹介された。

「リカルド・フェルナンデス・パレーデス氏、伝説のインカの勇士トゥパック・アマルの生まれ変わりとさえ思われる英語に堪能で日本の武道、空手の達人である。暗号名はコンドル。査察団の長で皆さんの仕事で不正はないか、暴利すぎではないかを判断する。常にコンドルとコンタクトを取ること。もし報告に不正があれば、この仕事から下りてもらう。当然、処罰されるであろう」

出席者はチコを見た。二メートル近い大男がタキシードをきっちり着こなし、笑みを浮べている。皆、畏敬の念を持ってコンドルを見た。第二弾が放たれたのである。

この頃は通貨統制があった。入国する際、申告した金額より出国時に多い場合、没収された。いつも問題が起きていた。

ポリシア・フィスカール（空港秘密警察）が悪かった。

乗客の中で金がありそうな人を空港内の詰所に呼び込み、検査名目で調べる振りをして抜き取る。初めは十ドル、二十ドルだったが大胆になって千ドル、二千ドルやられる客が出だした。気付いた客が抗議したとしても、銃を持っている。それも機関銃を向けられては黙るしかないのだ。係官全員がグルである。

旅行客の間で、ホルへ・チャベス空港ではポリスに注意しろという話が広がった。南米では汚職や腐敗はよくあること。驚くことでもないようだ。

こんな時、ミハエル大佐が指揮する軍隊が空港に急行。ポリシア・フィスカールを逮捕した。独自の組織で誰にも干渉されるはずがないと思って、したい放題の彼らも旅行客も驚いた事件である。この件で上層部まで調べられ、多くは捕われの身となった。

また、密輸団のアジトが、人の知らない砂漠の中に城塞を思わせる造りで偉容を誇っていた。ミハエル大佐は朝暗いうちに戦車二台で城塞を徹底的に吹き飛ばした。大砲二門の威力はすごかった。

ギャング達は反撃もできず、砂漠に放り出され、逃げていった。

ミハエル大佐は麻薬を扱うマフィアも許さなかった。当時ペルーがマリファナやヘロインの一大集積地とされていた。だからマフィア達はミハエルという名を聞いただけで震えていたそうだ。

ミハエル大佐は、将軍の腹心の部下というだけでなく、軍内部でキレ者とされ一目置かれていた。眼光鋭く、部下を威圧する力を持っているエリート軍人であった。

ある時、大佐が「チコ、私に英語を教えてくれ」と言った。年上でしかも大佐にまでなっている人がだ。

「今はペルーは左翼軍事政権だが、必ず欧米と付き合う時代が来る。左翼と言うだけで共産圏のソ連、キューバと連携してペルーがどうなった。欧米の技師や指導者を追放して鉱山や大手企業を国営にしたが、生産性は落ちる。企業も機能しない。あの平和で美しかったペルーが汚くなっている」

初めて聞く大佐の心配がまったくその通りだとチコは思えた。

「喜んでお手伝いします。基礎ができたらアメリカの教師を呼びましょう」

それから週二回、会議という名目でチコが基礎から教えた。一緒に弟のカルロスも同席させた。弟にはアメリカンスクールに通わせる考えがあった。

将軍の構想は、まず第一弾で、政府と協議して輸入品禁止を発表させる。密輸業者を摘発し、潰滅させる。

欧米型の生活に慣れたペルー国民には家電は必需品であった。たとえ多少高価であっても買い求めるのは道理である。

もし輸入が一社だけに認められたならば、その会社は莫大な利益を得る。これを国軍がやったらどうだろう。そもそもがこんな単純な発想から来ている。だから軍は何もしないし、手を汚すこともない。それでも利益はやって来る。

プロジェクトの作戦参謀はミハエル大佐であった。

この件は綿密に打ち合わされた。

まずは銀行である。大手三行の頭取に集まってもらい、銀行に貸し付け依頼をしたが良い返事がもらえなかった。

国税局から査察を送り込んだ。頭取の家族、一族で利益を分け合って豪華な邸宅を手に入れ海外に資産を隠匿していることを突き止め、甘い汁を吸っていた一族、弁護士を含め、刑務所にぶち込んだ。国家が緊急時なのに毎日豪華なパーティーをしたり、特権を楽しんでいた人々は驚いた。この件を境に他の頭取連中も軍に協力すると言ってきた。どんな買い物をしてもこれで銀行の保証が取れた。

このプロジェクトに参加する軍に出入りを許された業者達にとって、家電が金を生むものであることは充分理解していた。

重大な部分、商品の国内持ち込みを軍が請け負うのだから、こんな楽なことはない。その上、お国のためだという名目があり、常に堂々とやれと言われていた。

買い付けには業者の社長、実務者を伴ってパナマに飛んだ。

パナマはフリーポートである。相手は豪商インド人の会社である。彼らの団結力、組織力はすごい。たとえ現品がなくても、世界中の仲間が協力して揃えてくれる。今回の注文は多すぎた。

細かな料金、支払い期日、荷物の受け渡し方法などを打ち合わせた。

四日もかかった。

「これほどの商品が動くのだから保証できるものを提示して下さい」と言う。

当然だ。インド人の言うのがもっともである。

ペルー銀行の保証書を見せた。トーレス将軍の保証書が生きた。

今回依頼する仕事は誇りあるペルー国軍のためのものであり、ペルー大統領になり代わり、国軍の最高司令官の私が全て保証するものなり。

ペルー共和国国軍最高指令官　将軍トーレス・フランチェスコ・ロドリゲス

軍隊の正式書類に書かれてあり、署名もある。

買付プロジェクトの第一陣がホルヘ・チャベス空港に到着したのは深夜零時三十分のエア・カーゴ（貨物機）だった。

軍のトラックに積み替え、警備の憲兵隊が先導して、一旦、軍の倉庫に納入してトラックは帰営する。その後、集まった業者のトラックが全ての荷物をペルー全土に配送する。販売、集金、全て業者の責任で行われる。

輸入禁止になり、密輸組織も潰滅され、そちらからも品が入らない。欧米型の生活に慣れたペルー人にとって冷蔵庫、洗濯機、便利な電化製品は必需品となっている。多少高価であっても欲しがるものなのだ。仕入れた品物は砂漠に水をまくように、またたく間に消えていった。売れるのである。

第二陣は船で着いた。軍のトラックが積み荷を入れ替え、軍の倉庫に納入し帰営する。飛行機と全く同一である。

後日、業者のトラックが荷物をペルー全土に配送する。この手際の良さはやはり軍に出入りしているせいであろう。扱う品物は家電ばかりではない。自動車、バス、トラック。扱う金額は莫大なものになっていった。

業者から振り込まれる売上は、全てチコのラ・ウニオン（組合）社に入り、仕分けされ、配分される。業者の利益、航空機、船等の運搬代、銀行への返金、チコの会社の経費を引いたものが利益で、バンコ・ナシオナルのトーレス将軍の口座に振り込まれる。

将軍はミハエル大佐に命じて、一部は軍の主計局に納入した。

まず兵隊の食事が改善された。次に軍服が新調された。軍靴も新しくなった。これで軍人の意気が高くなった。

将軍は私腹を肥やすようなことは絶対しなかった。

当時の左翼軍事政権は主幹産業の国有化、農地改革を断行した。性急な改革は弊害を生じていた。

内閣はペルー国の貧しさに苦しんでいた。そこに多額の上納金を差し出した。大統領自ら、お礼の言葉を将軍に述べたのである。

また、一部は学校建設に支援した。当時、学校が足りなかった。

ラ・ウニオン社はリマ中心部から離れているものの、リンセ地区の近代的ビルに事務所を構えていて、二十人の査察官と、五人の女性職員とで大変な仕事をこなしていた。誰一人、暇そうな社員はおらず、常に緊迫した空気が流れていた。

順調にプロジェクトが進行すると、会社の取り分のパーセンテージは必ずしも多くはなかったが、スケールが大きくなれば会社は儲かった。

一部をミハエル大佐に使ってもらった。部下達は喜んだし、大佐に忠誠を誓った。大佐が昇格するのに資金は必要だった。

買付プロジェクトでのチコの暗号名はコンドルだった。暗号名で連絡が入るのは緊急な用件だった。

ある郊外の倉庫で、よく盗難に遭うという事案が多発した。この頃、強盗団が暗躍していたのも事実だが、内偵を続けると内部の人間が、外部と内通していることが判明した。

早速、ミハエル大佐に報告すると、大佐が陣頭指揮を執り、憲兵隊三十名を投入、一味を逮捕した。ボスとその幹部がいたアジトを攻撃した。本来、警察の仕事である。このプロジェクトにおいては軍隊が仕事をしたのである。まさか軍が出動するとは思わない。それは警察内にも内通者がいるので、まさかと思ったに違いない。

この一団はペルーで一番厳しい砂漠の中にある刑務所に送られた。

業者の幹部を集め、チコが告げた。

「私は査察団の責任者である、リカルド・フェルナンデス・パレーデスである。今回の不祥事について、軍の上層部は大変立腹している。諸君らに任せられないとも、解散させ資産没収という話もある」

業者は震え上がった。するとこう続けた。

「今回は許すことにした。次回こうした不祥事が起こった場合、責任者は刑務所に入って頂く。あの刑務所がいかようなところであるか、諸君も噂で聞いているであろう。強制労働による死者もあるという話もある。これは国家事業である。軍のメンツにかけても成功させなければならないプロジェクトである。くれぐれも不正のないように忠告する。以上」

人々は忠誠を誓うのであった。


チコは郊外の高級住宅地モンテリコに家を建てた。大佐の指令室としてエスメラルダを使うのは多少問題があると判断したからである。

高い塀に囲まれた広い邸宅となった。大佐の指令室、会議室、食堂、高級サロン、三室のゲストルーム、チコと弟妹の自室。車庫にはメルセデスベンツ500、キャデラッククリムジンが入る駐車場。玄関には警備の兵隊が常駐していた。

ミハエル大佐は運動神経が発達しているので空手も上達が速かった。

国軍でも空手を取り入れてくれたので、師範は忙しくなった。この功かどうか、チコは三段に昇格していた。大佐は英語も普通会話は不自由ないようで、アメリカ人の女性教師についてネイティブイングリッシュを勉強していた。

チコに対して、歳の離れた兄弟のように接してくれた。英語も空手もチコの門下生である。

カルロスはアメリカ大使館のリチャード・スミス氏の仲介で、アメリカンスクールに入学できた。子供は覚えるのが速い。

次の年、エビータが入学できた。友人もできたようだ。

ハイスクールを卒業すると、サンマルコス大学に入学した。

エビータは母オクヨ似で可愛い娘に成長してくれた。

プロジェクトは十二年続いた。軍政が終わり、民政に戻った。

輸入禁止解除である。チコはその前に莫大な利益を手にしていた。その金をどう使うか考えていた。

そんな中、ふと気になってシアトルのキャサリンに電話をかけた。

「キャサリン、チコです。お変わりありませんか?」

一瞬、彼女は驚いたようだ。

「エ、チコ、チコなの。それにしても長いご無沙汰ネエ、でも嬉しいワ、忘れないでいてくれて…」

「忘れる訳ないじゃないですか。あなたの恩は一日たりとも忘れたことなんかありません。……元気でいてくれて良かった、良かった」

しばらく声が詰まって続かない。

「チコ、驚かないでね。あのジョー・ギャノンが一昨年亡くなったの！」

「エエッ、信じられない。あの丈夫なギャノンが何で？」

「シアトルのセンターから帰るハイウェーで大型トレーラーとの事故に巻き込まれ、即死だったそうよ」

「ケリーはどうしているんですか？」

「ケリーは立ち直れないでいるワ」

「可哀想なケリー」

チコは泣いた。とめどなく涙があふれた。

キャサリンも電話口で泣いている。しばらくしてチコが言った。

「キャサリン、今思いついたんだけれど、二人でペルーに来てほしい。チコから電話があって、弟のカルロスと妹のエビータを紹介したいって言って。ジョーとの思い出の地であるクスコもマチュピチュも案内するし、どうしても連れてきてほしい。キャサリンにも会いたい。お願いだ！」

「どうかしら、ケリーがなんと言うかよネ」

「どうかしらって、あのポジティブなあなたのセリフじゃない。必ず行かせると言って下さい」

「そうね、なんとかくどいてみるワ」

「ペルーに着く日が決まったら連絡下さい。必ず迎えに行きます。会える日を楽しみに待っていますヨ」

「分かった、チャオ」

以前のキャサリンに戻ったようだった。

その後キャサリンから電話があったのは二ヶ月半くらい経ったある日。

「ケリーをようやくくどいたの。ケリーはチコに会えるのネって楽しみにしているの。明日こちらを発つワ。ペルーに到着するのは午後十一時頃ですって。ヴァリグ・ブラジル航空ヨ。忘れないで、大丈夫？」

「了解、必ず出迎えます」

ヴァリグ・ブラジル航空は約三十五分遅れでホルヘ・チャベス空港に到着した。

ファーストクラスのタラップに降り立ったキャサリンが、ケリーに知らせた。タラップを駆け上がったチコはケリー・ギャノンの小柄な身体をしっかり抱き寄せた。キャサリンとケリーの二人の目に涙が浮んでいた。

タラップを下りたところでミハエル大佐も出迎えてくれた。

チコは簡単に大佐を紹介した。彼が先導でＶＩＰの通路を通り、入国管理を経て、係の人に荷物のタグを渡すと荷物を運び出してきた。外に出ると、軍楽隊がマーチやらを演奏していた。誰か偉い人でも着いたかと思っていたら、トーレス将軍だった。

「お二人のための軍楽隊ですよ」

将軍は笑顔で話しかけた。

「私のパドリーノ、トーレス将軍です」

と紹介すると、

「ベンベニーダ（いらっしゃい）」

そう言って二人に代わるがわるベシートをして、バラの花を一輪ずつ渡すと、

「ではペルーの良い思い出を」

と、待たせていた車に乗って帰っていった。

チコのメルセデスベンツを軍車輌が先導し、真っ暗なリマ市内を駆け抜けた。

「オッサン、キザな真似するんじゃない」

チコは苦笑していた。

モンテリコの自宅に戻った。玄関にはカルロスとエビータが待っていて出迎えた。

「この度はご主人がお亡くなりになったそうでお悔み申し上げます。少しでもお心が癒やされることを願っています。ペルーに来て頂いて本当に良かった」

ケリーがお礼を述べた。

「キャサリンさんには兄が大変お世話になりました。チコの話はいつもキャサリンのことばかり。想像していた以上に素敵なお姉様で安心しました」

ケリーとキャサリンは二人に代わるがわるベシートをしていた。

興奮しているせいか、二人は眠くなさそうだったけれど、ゲストルームに案内して休んでもらった。

その後、パーティーがミハエル大佐の乾杯の発声で始まった。

ラ・ウニオン社の社員は全員出席、裏方で働いている。プロジェクト関係者、日本大使館、アメリカ大使館の関係者はケリーに哀悼の意を示した。少しは明るくなってきたように見えた。カルロスとエビータはつきっきりでアテンドした。キャサリンは、昔からの社交性で皆を笑わせたり、盛り上げてくれた。正面にはジョー・ギャノンの拡大写真があり、さながら二人への歓迎パーティーでありながら、追悼会の様相を呈していた。

民族音楽のフォルクローレの奏者五人と歌手二人が登場した。

有名な「花祭り」「コンドルは飛んでいく」その他を、ケーナやチャランゴ、サンポーニャ、ギター、珍しい楽器等の演奏でケチュア語やスペイン語で歌うボーカルの歌声は、どこかもの悲しくもあり、華やかな明るさも感じられる。意味は分からないけれど、二人共、手をたたいて興奮し、フォルクローレに興じてくれた。

夜遅くまでパーティーは続いたけれど、リマッ子は慣れていて、飲んで食べて皆楽しんでいた。

次の日の午後、チコとケリーとキャサリンは、家の近くにあるムセオ・デ・オロ（黄金博物館）を見学した。黄金で作った仮面や精巧な技術に驚いた。こうした黄金を求めてやって来たスペイン人の征服者に狙われ、かなりのインカの財産は彼らに持ち去られたはずなのに、博物館には数多くの金、銀の工芸品が展示されていた。

それにしても、なぜたった二百名のフランシスコ・ピサロが指揮する兵で、何十万もの兵隊を持つインカが滅ぼされたのか？

考古学者によるさまざまな説がある中で、インカに伝わる伝説に「東方より白人が来て我々を救ってくれる」というものがあった。それに従ったインカは哀れだった。

インカを滅亡に追いやったコンキスタドール（征服者）ピサロも同じスペイン人によって暗殺され、歴史の表舞台から消え去った。

旧市街セントロのアルマス広場に立ってみる。正面に大統領官邸、右側にあるカテドラルには征服者ピサロの遺体とされるミイラが安置されているが、真偽のほどは定かではない。左側にリマ大司教宮殿等、コロニアル建築群は世界遺産に登録されている。

サンマルティン広場には、ペルー独立派を指導して、一八二一年スペイン王党派を破りペルー共和国とし独立させた、サンマルティン将軍の騎馬像がある。この広場は当時はリマ一番の繁華街として、どこからか人が集まり、週末はショー等が演じられ、人気のある場所であった。

この広場からアベニュー・デ・ニコラス・ピエロラ（大通り）を少し行った場所が、ジョーとケリーと初めて会った事件のあったところだった。

ジョーは今はいない。その後、ジョーの厚意でチコの運命が変わった。チコをインターナショナルの知識人に育ててくれた人生の恩人だった。

ナスカの地上絵見学は朝早く、ホルへ・チャベス空港から十五人乗りの軽飛行機でナスカ空港に到着。セスナ（四人乗り）に乗り換え、ナスカの地上絵を空から見物する。巨大な猿、鯨、クモ、魚等が描かれているが、地上で見ても分からない。飛行機のなかった古代、どうやって描いたのか？　どこまでも続く、何キロも延々と伸びる直線、どうして真っ直ぐなのか？　宇宙人のしわざという説もある。宇宙人がいたのかもしれない。夢のある説ではあるが現実的ではない。現在、研究は続いている。

セスナは絵の上空を三回くらい旋回する。沢山の地上絵をパイロットは見せたいと思うせいか、酔う客も多い。ケリーはヤバかった。

ナスカ市のホテル・ナスカ・ラインズのプールサイドにマリア・ライへ女史を訪ねた。彼女は温かく一行を迎えてくれた。

コーヒーを飲みながら、ナスカ地上絵研究の第一人者から直接説明を聞いた。ライへ女史は笑顔のきれいなやさしい人であった。

帰りは砂漠の中を走るアメリカン・ハイウェーを通り、リマの郊外のチョスイカという小さな村に寄った。

木造のレストランはポーヨ・アラブラサ（鶏の丸焼料理）が有名で、周囲には緑が多く、清水が流れる、静かな雰囲気がとても喜ばれた。

三日目は早朝四時起きで、六時発のフォーセット航空で七時前にクスコ空港に着いた。なんでも遅くなると山の気流が悪くなり、有視界で着陸する飛行機は着陸できないことがある。

実際、アンデス山脈の奥で昔、墜落した事故があったようだ。

インカ帝国の首都クスコは海抜約三千四百メートル。空気が薄いから急いではいけない。ゆっくり歩かなければならない。

ホテルに着いたら動かないことだ。午前中、休養。午後、観光。

ホルヘ・チャベス空港は海辺に近いところにある。一時間もしないうちに約三千四百メートルに登るアンデスの山の上では高山病になる人が多い。

キャサリンはよく動くので心配していたら、夜中、頭が痛いと言い出した。ホテルにあるコカ茶を飲むか、酸素吸入すれば大体治まる。

ホテル・プレジデンテは当時、唯一の五ツ星ホテル。料理も良かった。

クスコ近郊の遺跡サクサイワマンには高さ七メートル、重さ約百二十トンの巨石が使われている場所もある。付近にない巨石をどうやって運んだのであろうか？　毎年ここでインティライミ（太陽の祭典）が行われ、世界中から何十万人もの観光客が訪れる。

ケンコー、プカプカラ遺跡を巡る。タンボマチャイは聖なる泉と呼ばれ、雨季、乾季を通じて常に同じ量の水が湧き出ている。どこからこの水が流れてくるのか分かっていない。

アルマス広場はクスコの中心で、カテドラル、レストラン、民芸品店に囲まれた観光の拠点。

十二角の石の、カミソリの刃も通さないインカの石材技術は芸術的というか、もはや神がかり。

マチュピチュへは当時、スチーム・ロコモティブ（蒸気機関車）がサンペドロ駅から出発していた。駅の近くにはサンペドロ市場があり、朝早くから活気に満ちあふれている。クスコから豊かな田園地帯を通り抜け、マチュピチュに着く。海抜二千メートルくらいで、身体は楽になる。

駅から三十人乗りのバスが次々と乗客を乗せて険しい崖道ハイラム・ビンガム道路（ビンガムはアメリカの考古学者でマチュピチュの発見者）を登ると、山頂に遺跡が現れる。

空中都市マチュピチュ（古い峰）と、向かいにあるワイナピチュ（若い山）。こんな山の上になぜ石造建築が作られたのか？

何千人もの人が生活していて、ある日、何らかの理由で出ていった。上下水も完備している。遠くから水が引かれている。インカの人々はここの都市を捨てて、どこに行ったのだろうか。遺跡は何も答えてはくれない。

帰りのバスを少年が追いかけてくる。有名な「グッバイボーイ」だ。スペイン語で「アディオス」、日本語で「サヨナラ」と言って、九十九折《つづら》りの坂道を車より速く、崖を声をかけながら駆け下りる。バスの到着点で汗びっしょりで息をハアハアして待つ。乗客は少年の健気《けなげ》さに感動してチップを払う。少年は物乞いではない。じっと直立不動である。あたかもインカの武士であるかのようで、その凛々しさに人々は気持ちをこめて心ばかりのチップを払うのである。

列車がクスコに着くのは午後九時頃。小さなトンネルがある。トンネルを出る前、一瞬、車内灯が消える。そして車内一杯に「コンドルは飛んでいく」の、もの悲しい名曲が流れる。

クスコの町が宝石のようにきらめく。インカの首都クスコが今、光り輝いている。すごい演出、素晴らしいショーだ。

ケリーもキャサリンも「ファンタスティック、アメージング、ビューティフル」と思い切り叫んでいた。今日の疲れがどこかに行ったようだ。

現在では、近郊のポロイ駅からマチュピチュ駅を結ぶ豪華列車も運行されていると聞いている。

ピサックの日曜市というのがある。クスコから北へ三十キロ、サンデーマーケットでは各地から地元の特産品を持ち寄り、物々交換していた。

その頃は土産品と言っても良質なものはなく、買い物はしなかった。村を歩くと動物の臭いがした。人々は動物と一緒に暮らしているようだ。古くからあるパン屋に寄った。薪と釜で焼くパンがとても美味だと言って、キャサリンは二枚も食べた。食欲が出てきたようだった。そんな自分自身が面白いのか、クスリと笑った。

この頃はペルーで一番人気の果物チリモイヤ（乳白色の果肉で甘い）が、珍しいのと美味しいので喜ばれた。

次の日、朝早くリマに戻った。そして午後、工芸品の店に案内すると、ケリーとキャサリンは気に入ったのか、アルパカのセーターや金銀細工など多くの土産物[註3]を買った。支払いは全部チコがした。二人は反対したが、チコの気持ちだと言って許してもらった。

十日間の滞在でペルーを満喫した二人は国へ帰ると言った。サヨナラパーティーがフォトス・エスメラルダで行われた。エスメラルダの職人達、ドン・アレハンドロの友人達等多数が集まった。

「お集まりの皆さん、私が今あるのは、今は亡きミスターギャノンのお蔭です。彼の笑顔、やさしさは決して忘れません。ギャノン夫妻には息子のように可愛がって頂いた。憧れの素敵なご夫婦でした。ケリーが少しでも、このペルーで癒やされたのであれば嬉しい。私の姉キャサリン・シュトラウスは素晴らしい人です。何も知らなかった私に水泳とスキーと生きる道を教えてくれた。英語の先生であるばかりか、人生の師でもあります。どうかお二人がいつまでも幸せでありますように」

「ブエナ・スエルテ（お幸せに）」

そう言うとチコは二人をやさしく抱きかかえたのであった。

二人はハンカチを目に当て、ケリーが一言。

「今回のペルーの旅が私の心を癒やして、生きる希望を持たせてくれました。夫も天国で見守っていてくれるでしょう」

次にキャサリンが挨拶した。

「皆さん今晩ハ。皆さんに会えて本当に良かった。カルロス、エビータ、良い子に育って嬉しいです。チコのいたシアトルでの三年間、忘れたことはありません。いつも人の陰にいて消極的だったチコが、人前で堂々と話すことができていて、驚くやら嬉しいやらで胸が一杯です。どうか皆さん、これまで以上に仲良くして頂きたい。本当に今晩は有り難う」

主催者、ドン・アレハンドロタマシロから、二人がホルヘ・チャベス空港に到着した時に撮ったケリー、キャサリン、チコ、ミハエル大佐の写った記念写真が渡された。深夜までパーティーは続いた。キャサリンはピスコサワーがいたく気に入ったようだった。

次の日の昼頃、ブラニフ航空がアメリカに向け、二人を乗せ、ホルヘ・チャベス空港を飛び立った。空港にはチコの関係者が沢山見送った。

最初、二人はチコの弟妹に会ったらどうコミュニケーションをとったらいいかと悩んでいた。その頃、カルロス、エビータはアメリカンスクールに通っていた。なのでネイティブイングリッシュで、全然問題なかった。子供ながらにも二人に尽くそうと頑張っている姿に、ケリー、キャサリンは目の中に入れても痛くないほど可愛いと思った。

第一次ベラウンデ政権は一九六三年七月二十八日～一九六八年十月三日。技士会会長出身のベラウンデは、穏健な性格であったのだろう。国内は安定し、治安も良かった。町も明るく、活気があったと言える。

一九六八年、革命で軍政になった。初めの頃は市民の多少の支持もあった。しかし大統領にポリシーがなかった。自由主義から一変して、左翼政権となる。ソビエト社会主義共和国連邦、中華人民共和国、キューバ共和国と手を結び、欧米の指導者を追放した。

ソ連よりアエロ・フロート（ソ連航空機）がモスクワ—マドリッド—キューバ路線とペルーをルートとして乗り入れてくる。

大手産業の国営化の結果、生産性の落ち込み、経済の落ち込み、町は汚くなっていった。

それでも左翼だからと言って、マルクス・レーニン主義、毛沢東思想、フィデル・カストロの共産主義、社会主義を唱えた。

十二年後の選挙で軍政より民政に戻った。

その頃、南米各国は大変なことになっていた。

ハイパーインフレ、高い失業率、仕事はない、物価は高い。

そこで民衆は政府の悪口を言ってもどうにもならないことを知るだけだった。それでも人々は逞しく生きていた。一九六六年、一九七四年、一九九六年とペルーは相次ぐ大地震に見舞われた。市内の建物が倒れたり、壊れていた。それが過ぎると何もなかったように、人はいつもの生活に追われていた。

政権で悪いのは、閣僚などは優良企業に兄弟、友人、知人を送り込み、癒着、汚職をやる。やる方が自然だと思っているのか、当然と考えて堂々としたものだ。

ブラジルでも、アルゼンチン、ボリビア、ペルーでもハイパーインフレに悩まされていた。各国はデノミという手法を採った。アルゼンチンなどは一ドル＝数千ペソだったのを、一夜で一ドル＝一ペソにしたことがあったが長くは続かず、少しずつインフレになっていった。ボリビアではリュックサック一杯の通貨が何ドルもしないこともあった。ブラジル、ペルーは通貨変更した。旧貨を新貨に変更しなければならず、銀行に山のような人波ができた。

一九九〇年七月、日系のアルベルト・フジモリ大統領[註4]が誕生した。

選挙公約を次々に実行していった。汚職、腐敗の根絶。リマのホルヘ・チャベス空港も新しい近代的空港になった。問題だった通貨統制も排除された。

悪名高かったポリシア・フィスカールによる金の抜き取りもなくなった。

アメリカや日本に支援を要請した。農科大学の学長から大統領選に出馬した当初は民衆の支持を得られなかったが、次第に庶民層に支持され人気に火が点き当選した。

フジモリ大統領は第一に治安維持に努めた。

その頃、ゲリラは山岳中心に活動していて、残酷にも皆殺しにされた村も多かった。センデロ・ルミノソ（輝ける道）、トゥパック・アマル革命軍の二大組織が存在していた。左翼ゲリラ、センデロ・ルミノソの指導者アビマエル・グスマンを逮捕するなど、テロ対策を徹底し、治安の回復に努めた。

一九九六年十二月十七日、リマの日本大使公邸がトゥパック・アマルに襲われ、七百人が人質となった。一九九七年四月二十二日、特殊部隊突入により終決した。

この件は世界的大ニュースとなった。在ペルー日本大使公邸人質事件である。

一九九七年十二月十七日、リマの日本大使公邸で開催された天皇誕生祝賀会の夜のパーティーで事件は起こった。

トゥパック・アマル革命軍の武装グループが乱入。青木盛久大使以下約六百人の人質を取り、公邸を占拠した。彼らは仲間の釈放、刑務所の改善、経済政策の変更等をペルー政府に要求した。人質は漸次解放された。初めに解放された老人や女性、子供の中にフジモリ大統領の母親が含まれていたことに革命グループは気付いていなかった。

一九九七年四月二十二日、午後三時二十三分。

ペルー国軍特殊部隊の武力突入により、人質七十一人救出。武装軍メンバー十四人全員死亡。人質一人、兵士二人が死亡した。

その後、フジモリ大統領による独裁的強権体質への批判が高まり、大統領に対してペルー国会が二〇〇一年、罷免決議を可決した。

大統領官邸が開放され、見学が自由にできるようになった。

チコはエビータを連れて見学することになった。受付に可愛らしい女性が案内役としていて、何人か集まると一行を連れて建物内をガイドしてくれる。大統領執務室を出たところに広い食堂がある。その手前のサロンの大広間の壁に絵が飾ってある。よく見るとインカの勇士トゥパック・アマルの肖像である。エビータが叫んだ。

「チコに似てる、そっくりだわ」

同行の人達も、絵とチコを見比べて目を丸くしていた。チコは窓の外の衛兵の交替式を見ていた。指揮する青年将校に視線を向けて窓際に近づいた。青年将校が振り返り、見上げた。そして姿勢を正して敬礼した後、駆け上がってきた。

「もしかして……失礼ですが、あなたはリカルド・パレーデス氏ではないでしょうか。私はトーレス・フランチェスコ・ロドリゲスの息子です」

「やはり将軍のご子息ですか、本当に奇遇です。将軍には大変お世話になっているパレーデスです」

「いやいや、父の言うことには、インカの勇士、伝説の男トゥパック・アマルがこの世に生き返った。そして私はこの男と一緒に生きなければならないと、強い絆を感じたそうです。だからすぐパドリーノになる約束をしたそうです。そして形はともあれ、国家のため、国軍のため、働いて頂いたと申しております」

「私のような若造を大プロジェクトの一員として取り立てて頂けた理由が今分かりました」

将校は時計を見て「時間ですので失礼します」と言って軍靴の音を立て、敬礼をして出ていった。


その頃、車を洗ったり磨くといった発想がリマッ子には不足していた。と言うより皆無だったと言っていい状況あった。

初期の頃のフォード、シボレーの骨董品が平気で動いていた。なのでクラシックカー愛好者にとって、ペルーは垂涎の的でもあった。

タクシーの中にはボンネットがないのもあったし、車に乗ると地面が見える、危険な車も営業していた。運転手に注意すると「心配ない、心配ない」と安心するようにと言う。客が乗ると金が入るものだから、ガソリンスタンドに行き、使用すると思われる分だけのガソリンを入れる。だから欧米のようにガソリンタンクを満杯にすることはない。当時の常識であった。

交通信号はある。赤信号で止まっていると、ぶつけられる。するとぶつけた方が、

「どうしてこんなところに止めるんだ、見ろよ、事故っちゃったじゃないか」と言って、加害者も自分が悪かったとは思っているが必ず言い争いに持っていく。被害者も黙っていない。正当性を主張するのだから争いは続く。決着はするのだが時間がかかる。

そのような感じだから保険に入る人も当時はあまり多くはなかった。

ボロのクズのタクシーの運転手に「保険に入っているか？」と聞くと、「ダンナ、何ですか、その保険ちゅうものは？」と逆に聞き返される。

「余計な金があれば飲んじゃいますよ」、そう平然と答えるのだ。

リマは車の洪水で排気ガスがすごい。排気ガス規制なんてないのだから、モウモウと黒煙を上げていても平気だから息苦しいし、町が汚くなる。町全体が埃っぽい。

チコは考えた。アメリカ式のガソリンスタンドをつくろう。自動洗車機も付けよう。初めはリマッ子に馴染みがなかったが、新車や高級車が増えてくると、車を洗ったり磨いたりする。関連して修理工場をつくった。これがヒットした。そして職員には笑顔、清潔、迅速を徹底させた。制服のデザインも明るく、人々に好まれるものにした。勿論、職員にも好まれた。スタンドチェーンはリマ市民に認知され、折からのモータリゼーションの波もあり、瞬く間に三十六店舗に拡大した。そうなると売上を狙ってギャングとか強盗に襲われた。

警備員も怖がって逃げることもあった。

アメリカ型のスーパーマーケットもリマ市近郊に建てた。隣にはハンバーガー店、アイスクリーム店をつくった。食料品とか家庭用品を購入し、帰りにバーガーやアイスクリームを買う人々が増え、ペルーも生活様式が変わってきたのだろう。これが当たった。

チコは以前のラ・ウニオン社のスタッフをガソリンスタンドやスーパーマーケットの責任者に登用した。結ばれた絆は固く信用できた。彼らはチコの期待に応えてくれた。

事業の総支配人には弟のカルロスを指名した。

弟は南米で一番歴史のあるサンマルコス大学の経済学部を卒業した。

彼はたまたま病気で入院中の友人を見舞いに行った折、実にキビキビと働いていたナースに目が留まった。笑顔がチャーミング、一目惚れで交際を申し込んだ。

頭の回転も速く、話も面白かった。とても気が合った。彼女の名はロサマリア。

ある日、彼女が暗い顔をしていた。聞くと「母が重い病のようなので心配なの」と言う。カルロスはチコに相談した。チコはすぐロサマリアの母を大学病院に入院させ検査した。初期の胃癌が発見され、すぐ手術した。大事に至らず良かったのだが、手術代は驚くほど高額だった。

アメリカなどでは盲腸の手術くらいで百万円ほどの請求があると聞くが、ペルーでも医療費は高いのである。彼女の家で払うには難しいようで、チコが支払った。

ロサマリアの父親エンシーソは町工場を経営していたのだが、強盗団により裏口がこじ開けられ、コンピューターから工作機械まで、ものの見事に持ち去られた。

今後の再興、資金ぐり、果ては社員の解雇も考えていた。立派な男で、なんとか社員の再就職先を心配していた。

この頃の強盗団は凶悪になり、銃を持っている場合が多く、怪我をするか、殺された話もよく聞くようになっていた。

そこで、チコは将来性を考えて事業をやめるよう提案した。

「ラ・ウニオングループの事業に参画して欲しい」とお誘いした。ちょうど中古車販売事業にも進出したいと思っていたので、職種は違うけれど多くの社員を雇った経験があるエンシーソ氏が適任だと感じた。

「なんで私達にこんなにまでして頂けるのですか？」

「弟のカルロスが、あなたの娘ロサマリアを気に入りまして、結婚したいと言うからです。彼は良い子です。誠実で真面目、よく働きます。彼の純な気持ちを大切にしたいのです。願わくば、ご両親の承諾を得たいのです」

「妻も私も大変感謝しております。一応、娘に聞いてお返事します」

「エンシーソさん、私がしたことは単なる厚意からです。娘さんは娘さん、本当に弟と一緒になりたいと言うまで待っています」

そんなことがあり、全ての障害がなくなったカルロスとロサマリアはデートを重ねているようであった。

それから半年ほどが経ち、ロサマリアの母の体調も回復してきた頃に二人は結婚した。教会には知り合いが多く出席した。ロサマリアは最高にきれいだった。

チコはどこかしら母オクヨに似ているところがある気がしていた。

披露宴はモンテリコの自宅で行われた。数え切れない参加者が飲んで食べる。知らない人も集まっている。ペルーの習慣であった。

出席者も結婚式の次の日は会社を休む。同僚も「昨日、結婚式があったヨネェ」などと当然のように言うのが常識のようだった。

新婚旅行はアルゼンチンと決まった。ロサマリアがタンゴに興味を持っていたからである。リマのホルヘ・チャベス空港より、アルゼンチン航空でブエノスアイレスのエセイサ空港に着いた。

ホテル・プラザに部屋を取り、市内見物をした。ブエノスは南米のパリと言われる美しい町並みが印象的だった。

二人は毎夜「エル・ビエホアルマセン」とか有名なタンゴの店を聴き歩いた。

「ラ・クンパルシータ（小さな行列）」「エル・チョクロ（トウモロコシ）」「アディオスパンパミーア（さらば草原よ）」「カミニート（小路）」「アスタシエンプレアモール（とわの別れ）」……有名なタンゴの曲が次から次へと続く。ラ・クンパルシータは長く世界の人々に愛され、全世界でこの曲が奏でられない日はないという。マリアーノ・モーレス、ホセ・コランジェロ、ドナート・ラシアッティ等々の有名演奏家が多数出演する。さすがアルゼンチンである。ロサマリアは夜の更けるのも忘れ、タンゴに熱中していた。

「ラ・カンパーニャ」という焼肉で有名な店で二人は食事をした。炭火で焼いた肉は美味である。大皿に二百グラムの焼肉が二、三枚出てくる。ブエノスの淑女達は世間話をしながら、平然と全部平らげる。それで若い頃は細身でスマートだが、年を取ると体格の良い夫人に変身する。

ブエノスの郊外は車で一時間も出れば大草原である。二人はパンパ（草原）の牧場でガウチョ（牧童）の踊りや馬のショーを楽しんだ。

ラプラタ川の下流に広がるデルタ地帯にも行った。ティグレ（タイガー）川観光船に乗って高級住宅地を見学する。

この頃、アルゼンチンはハイパーインフレで、住民にとっては大変苦しそうだが、観光客にとってみれば天国のような地であった。

エビータもアメリカンスクールからサンマルコス大学に入学し、卒業と同時に教授の推薦で研究室に残れることとなった。ペルーの女性は十六歳くらいで結婚して、二十歳くらいで三人ほどの子持ちということが多かった。

そういった状況下で、晩婚の部類に入るのを心配する周囲をよそに、彼女は全くマイペースで研究に明け暮れていた。

そんな折、彼女が恋人だという男性を家に連れてきた。

相手はドイツ系のラウル。建築技士だという。

とても好感が持てる青年であった。父親がドイツ人、母親がペルー人。エビータの父親代わりのチコは二人の交際を喜んだ。

そして二人の住む家をプレゼントすると申し入れたが、エビータは大学の家族用職員住宅に申し込んであるので、要らないと言った。堅実な子に育ったものだ。

そこで新婚旅行をプレゼントすることにした。

早速、父親の故郷であるドイツへの新婚旅行プランを持って、ラウルがチコへの報告に来た。二人でモーゼルワインを傾け、ラウルからプランの説明を受けた。

結婚式は近くの教会で行われた。エビータは純白のウエディングドレスに真珠の首飾り。美しかった。相変らず笑うと純白の歯がこぼれる。エクボが可愛い。

教会を出たところで記念写真だ。エビータが駆け寄ってきた。

「チコ兄チャン、今まで育ててくれて有り難う。私、一生忘れないから……」

チコはエビータをしっかり抱きかかえ、ベシートをした。何も言えなかった。

あの小さな子が、遠い山の村からカルロスと二人して何千キロも歩いて自分を捜して来てくれた。――その頃を思い出して、胸を熱くしていた。

エビータは泣いていた。チコが言葉をかける。

「そら、花嫁が泣いてはダメだ、涙をふきなさい。あなたの良いところは明るいことなんだよ。いつまでも明るく胸を張りなさい」

すると新夫が駆けつけてエビータの手を取った。

リマの空はいつになく澄んでいて、二人を祝福するかのようだった。

新婚旅行先であるドイツのフランクフルト空港には、ラウルの叔母とその長男が出迎えた。

アウトバーン（弾丸高速道）を走り、下りて三十五分で叔母の家に着いた。家族全員が迎えてくれた。

その晩は親戚、友人を招いてパーティーになった。

フランクフルトソーセージ、ポテトサラダ、ザワークラウト（キャベツの酢漬け）、ビーフ、チキン、沢山の料理を用意してくれた。もてなしの温かい気持ちが嬉しかった。そのうちアコーディオンを奏でる人が来て、民族ダンスやらで盛り上がった。大ジョッキでビールの乾杯が続いた。

絵に描いたような田園風景だった。家の周りには極彩色の花が植えられている。ただ冬は雪が深く寒いようだ。

エビータとラウルの二人はライン河下りをした。途中、ローレライで知られる崖の近くを通った。伝説では美女ローレライの歌声に引き寄せられた船が沢山ここで沈んだそうだが、そう危険な場所にも見えなかった。

終点のリューデスハイムの町は観光客で賑やかだった。

ロマンチックシュトラーセ（ロマンチック街道）を南下して、中世の城塞都市ローテンブルクで泊まった。小さいけれど夢のようなホテルで、次の日は市の楽団が町の庁舎前で演奏してくれた。

町の歴史を表わすからくり時計は名物の一つである。操り人形の公演会、一年中やっているクリスマス用品店、ノイシュバンシュタイン城（白鳥城）の優雅な姿は忘れられない思い出となった。

エビータは帰国後、新婚旅行の様子をチコに話して聞かせた。

「あの城を作ったルードリッヒはすごい人ネ。その後足を延ばしたスイスのアルプスにあるグリンデルワルト村も良かった。登山電車でクライネ・シャイデック駅まで行き、終点ユングフラウヨッホ行きの電車に乗るのだけれど、時間があるので少し歩くと一面のお花畑なの。小さな高山植物が咲き乱れて天国のようヨ。それからヨッホの頂上駅は氷で出来てるの。晴れて遠くマッターホルンまで見れた。珍しいことですって！」

第四章　自分のアイデンティティとは

その店はリマ郊外の海の見える高台にあった。

夕方七時から開く洒落た雰囲気の店で、海外駐在員の社交場でもあった。大体はカウンターに席を取り、静かにウイスキーとかカクテルを飲んでいる。バーテンダーが二人いて会話が楽しめる。

奥にグランドピアノがあって、年配の黒人サムが客の求めに応じて、バラードからジャズ等の多彩なジャンルの曲を弾いてくれる。

特にモダンジャズのレイ・チャールズ、サッチモ（ルイ・アームストロング）等、人気歌手の歌を歌う。サムの声が良くて、ファンも多かった。駐車場から店に続く誘導路にはトーチが灯っている。チコも度々利用していた。

同じ時刻に出入りしている伊達宗隆《だてむねたか》と友達になった。バーテンに聞くと、日本国の領事をしているという。噂では祖父も父親も外交官で、名門の出らしい。伊達は話も上手だし、面白い男だった。

　ある日、伊達を自宅に招いた。以前、養父パウロタマシロから渡された手紙を見てもらった。伊達は日本文をスペイン語に変換しながら説明してくれた。

　田畑壮吾は一度も会ってない人で、感情も何も湧かなかったが、ペルーに来て人一倍働いてようやくつかんだ栄光も家族も失って、最愛の妻と子供を殺され、店も全焼させられた。

　ペルー人を愛し、信頼していたのに裏切られた残念さが伝わってくる。そして自分も受けた大怪我で、子供を残してあの世に行かねばならない父親の残念さと無念さが今のチコには分かるのである。目に自然と涙があふれていた。

「そうだ、父と言われる人の生まれた国、日本へ行ってみよう！」

チコの意を介して早速、伊達が動いた。
一、田畑壮吾氏の熊本の住所は不明。
一、田畑氏はペルー移民船でペルーに到着している。
一、友人で沖縄出身の玉城尚徳氏が同じ移民船に乗っている。
一、友人によれば熊本県出身ということである。
これら情報をもとに伊達の友人、斉藤祐介氏が調べた。

まず、熊本県庁に問い合わせたところ係官から、資料がないので分かりませんと返答があった。

そこで東京麻布・狸穴《まみあな》の外務省外交史料館に出かけた。

多くの資料の中から移民資料を調べる。

あった。田畑壮吾の名前が見つかり、熊本県の住所は現在の地番と違っていたが、天草の役所に連絡を取って、現住所が判明した。

電話案内で教えてもらった番号に電話してみた。

「モシモシ、こちら外務省の斉藤と申します。恐れ入りますが、そちら様で田畑壮吾様という方に心当たりございませんでしょうか？　ペルーに行かれた田畑壮吾様です」

「ハテ、ウチは田畑ジャケンが、ソン人は分からん。兵庫にいるバア様が知っとるかも知れんで聞いてみようかの」

次の日、確認のためもう一度電話をかけた。

「バア様の言うには南米のペルーという国に移民した兄がいて、確か壮吾だと言うんです」

「もし、その人の子供が会いたいと言ってるとしたら、いかが致しますか」

「親類とも話しせんといかんが、ワシ一人でもソン方をお迎えしますワ」

話が決まった。

伊達に斉藤氏より連絡が入った。

一、田畑壮吾氏の親族判明。
一、当主、田畑壮一郎氏、出迎えの意志あり。
一、訪日の日が決まれば成田まで出迎えます。
一、私が家までお連れするのでご安心下さい。
このことをチコに伝えた。

チコは迷っていた。日本へ行くべきかどうか。

——世の中、全てに積極的に行動すること、モタモタしないで！

キャサリンの声が聞こえた気がした。

それから一週間後、ヴァリグ・ブラジル航空の飛行機に乗っていた。

翌日の午後、成田空港に到着したチコを斉藤祐介氏が出迎え、東京で一泊し、羽田から熊本空港に夕刻到着。田畑宅の親戚が出迎えていた。

車はトヨタのクラウンだったが、チコには狭かった。二時間半くらいで天草に着いた。日が落ち辺りは暗くなっていたが、大きな二階建ての家だった。磯の香りがした。大広間に通された。唐紙が開く。五十人ほどの人達がいた。

「私が当主の田畑壮一郎です。よく来たのう」

人々は拍手でチコを迎えた。よく見ると背丈の高い人が多い。顔は浅黒く、自分にそっくりな人が多いことを発見した。

チコは改めて、私はインディオでない、日本人なのだ！　そう確信が持てた。田畑家は代々天草で網元として栄えた家柄で、海の男だから肌も潮焼けして赤銅色。チコが日本人でないと疑った、一、肌の色　二、身長のこと、全てが理解できた。

「皆さん、私は田畑壮吾の息子、田畑壮です」

拍手が起こった。

習った日本語でハッキリ言うことができた。

そして異国で無念の死を遂げた父のことを思った。胸が熱くなった。涙があふれ出た。号泣は続いた。集まった人達ももらい泣きした。異国から来た男があまりに自分達に似ているし、壮吾伯父さんの子だと認知した瞬間だった。

歓迎会の夜は更けていく。チコは嬉しかった。今まで何回となく自分は何者なんだと思い悩んだことがあった。

自分捜しの旅もこれで終わりだ。

宴会は続く。英語、スペイン語、日本語、熊本弁、いろんな言葉が交じる。

田畑家は地元の名家で、壮一郎は市会議員もしているし、信頼されている。

それにしても熊本の男は酒が強い。

ペルーから持参したピスコでピスコサワーを作った。天草の人はストレートで飲んでいたが、芋焼酎にも似て濃い酒なのだ。みんなは遠来の客を温かくもてなすのに一生懸命だった。

それは重々感じていて、チコはたまらなく嬉しかった。歌が出る。余興が出る。何かあると笑う。座は大盛り上がりに盛り上がった。

「嫁はどうした。熊本の女子《おなご》だったら、すぐ世話するケン」

「ペルーに帰らんで、ここに住め、ココハヨカヨ」

「これが壮吾さんジャー」

古い写真を見せてくれた。移民船に乗る前でやや緊張している。がっしりとした肩、すらっとした体格、顔は瓜二つだと皆が言った。会ったこともない、この人が自分のお父さんなんだ。私を世に出してくれて有り難う。私は今、あなたが生まれた家に帰ってきました。自然と涙が出てきた。

チコは壮吾の書いた手紙を見せた。壮一郎が読んだ。壮吾の無念さ、残念さが皆に伝わって皆泣いた。

それから酒を飲んだ。また飲んだ。

「僕のルーツはここにある」

そう叫んでチコは酔い潰れて倒れた。気持ちは最高だった。

次の日の午後、墓参りをした。海の見える小高い丘の上の田畑家の墓は苔生し年代を感じる。花を供えて、父の生まれ故郷に帰れたことを報告した。天草は晴天だった。海もその日は輝いていた。天草は静かな島だった。父が少年の頃、遊び回ったであろう島内を見て回った。

三日目は熊本市に行き、熊本城を見学した。歴史ある威容を誇る建築物に驚いた。水前寺公園を散策した。

その夜は雲仙温泉で一泊した。名物の女将が笑顔で出迎えてくれた。東洋館というホテルで、風呂は広く、温泉は気持ち良く、ゆったりとリラックスできた。料理も酒も仲居さんの振る舞いも上品で良かった。

四日目は天草に戻り、船釣りをした。初めてにしては大漁だった。

夜になると、明日ペルーに帰るということで、人が集まり送別会となった。そこで酒は控えめにしようと思っていた。通訳はいなかったが日本語、英語、ジェスチャーで通じていた。天草の人々の熱い人情を感じていた。来て良かった。満足感で一杯だった。

次の日、熊本空港より羽田に飛んだ。空港では壮一郎他、七人が見送った。チコは一人一人と握手をして、最後に壮一郎とガッチリ抱き合った。二人共何も言えなかった。しかし一言、

「帰っておいで！」と言われると、チコもうなずいて、目を潤ませた。

「帰ってきます！」そう強く言い切った。

そして熊本を後にしたのだった。

東京では三泊した。四月は日本全国、桜の季節だった。

皇居の二重橋、北の丸公園、千鳥ヶ淵、靖国神社、浅草寺、隅田川、上野公園。観光案内を斉藤氏がしてくれた。

どこも桜が咲いていて、緑であふれている。日本は美しい国だ。

新宿の近代的ビル群を見て、日本の技術力に驚いた。

二日目、渋谷にある空手の本部道場を訪問した。

偶然にもロサンゼルスの西山先生が一時帰省されており、再会を喜ばれた。チコがアメリカ留学をしている時、バスケットの試合でロサンゼルスに行った折、オリンピックブルバードにある道場に寄った。その時、道場主の西山先生が迎えてくれたのだった。歳は召されてはいたものの、相変らずお元気そうだった。ロスでは警察を教え、サンディエゴの軍隊を指導。スポーツカーでハイウェーをぶっとばしていて、九十五マイルの制限速度を越し、三十マイルオーバーでハイウェーパトロールに捕まった過去を持つ。

約二百キロの猛スピードなのだが、ハイウェーが広いのであまりスピード感が無かったと言えば無かったようだ。しかし、そんなことはない。先生はスピード狂でガンマニアだった。

西山先生の武勇伝は尽きることがない。でも軍や警察を指導するに至った経緯は大変なご苦労があったようだ。

西山先生の先輩で、中山先生という神様のような方にもお会いできた。本部道場に来られて良かった。

帰国したチコは伊達を訪ねた。日本での手配に礼を述べて、日本での出来事を詳しく報告した。

今回の旅で自分が何者であるか判明したことが嬉しかった。

父の写真も見た。間違いなく、自分のルーツは熊本にあった。

少年の頃は人一倍小さかった。なので皆からチコと呼ばれていた。成長するにつれ、疑問を持つようになった。インディオではない。ペルー人でもない。二メートル近くに伸びた身長が、さらに疑問を増幅させた。

父からの手紙で、自分は日本人だと言われたが、この身長と肌の色、日本人ではあり得ないと思っていた。しかし、違っていた。父の一族は大きな人達が多い。それに肌の色だって、南国の強い太陽と潮風で赤銅色――同じ小麦色ではないか。それに、鼻が高い日本人なんか、ごろごろいるではないか。もしかしたら天草伝説であろうか。キリスト教の宣教師は外国人。天草には教会が沢山ある。外国人の血が入っていれば、日本人離れした風貌もうなずける。

斉藤氏にはお世話になった。壮吾の出身が熊本という情報だけで、外務省の史料館で調べて、県庁に問い合わせ、難解のパズルを解くようにして、田畑壮吾の本籍地を突き止めた。幸運にも縁者が見つかり、連絡が取れた。それから成田に出迎え、熊本に同行してくれた。親族に会えたのは斉藤氏のお蔭だ。親族との通訳もやってくれた。東京では観光案内までしてくれた。

あれもこれも、元はと言えば伊達の手配のお蔭である。感謝感謝である。

その後もショッピングタウンの成功、ガソリンスタンドチェーンの成功、中古車販売の成功と、チコのラ・ウニオングループはめざましく発展し続けていた。カルロスもグループのトップとして堂々たる風格で君臨していた。エビータも研究が世に認められ、世界に発表の場を求め講演活動に忙しくしていた。ドクトーラ・エビータは世界に誇れる、ペルーの頭脳だと言われている。

また、チコは「この国には教育が必要だ」と演説していたアルベルト・フジモリに共感して学校建築に協力したことがある。建物自体はアドベレンガ造りで大した出費ではないものの、備品（机、イス、黒板等）、教科書、ノート、筆記具、給食等含めると、結構な金額にはなった。フジモリ氏とは大統領になる前の大学学長の頃、二度ほどお会いした。スペイン語は勿論、英語も素晴らしい。公では話さないものの、日本語も流暢だということだ。

偉ぶらないし、腰の低い、ジョークも話す方だった。

のちのペルー大統領選では、フジモリ氏が日本国籍を有していると中傷を受けたようだが、母は確かに日本国籍であったが、自分はペルー生まれのペルー人だと言い切った。ペルー国籍でなければペルーの大統領に立候補はできないのである。そしてペルーの大統領に当選したのだから、ペルーの人民はペルー生まれと認定したに違いない。真偽のほどはフジモリ氏のみがご存知だが、彼の胸の中に仕舞い込んだまま何も語らないであろう。

終　章　コンドルはアンデスの山奥へ

胸焼けが続いていた。それが胃の痛みに変わった。

それが激痛になったのは、つい最近である。痛みをじっと我慢すると治まるので放っていたが、この日は特に痛みを感じた。インディオには昔から伝わる薬草がある。現代医学でも認められつつあるインカの秘薬は確かに効くが、この場合は無理だったようだ。リマ市立総合病院で精密検査をすると、すぐ入院することになった。

特別医療チームが、医学の粋を集めて治療に当たったが、スキルス性胃癌は進行が速く、リンパにも移転している状況では手の施しようが無いとの見解であった。

チコはこれは神様の思し召しと、素直に思い覚悟した。

自宅療養を希望し、末期医療で最善を尽くしてもらえるよう医師、看護師にお願いした。幸いロサマリアが元看護師なので彼女が仕切って、甲斐甲斐しく身の回りの世話をしてくれた。

余命を告げられた。

余力のあるうちに、するべきことをやっておこう。

ミハエル将軍だけには会いたかったので、呼んでもらった。

大佐は昇格して、今は将軍である。大佐であった若い頃の話で盛り上がった。ミハエル将軍はチコの病状を聞いていて驚いたけれど、知らぬ振りをして明るく振る舞った。

「それにしても国のためではあったかもしれないが、あのプロジェクトは国軍がやれるはずはない。全てはトーレス将軍の描いたシナリオだった。シナリオ通り、第一弾、第二弾、第三弾まで放ち、全て思い通り的中させた。その上、インカ軍の勇士トゥパック・アマルまで、この作戦に参加させるのだから、私も驚いた」

と言ってチコと共に大笑いをした。

「あんな大胆なことを考え、実行できたのは閣下だからだろう。国や国軍まで巻き込んだ大密輸作戦だった。あれによって得たものにより、軍も政権も関連業者も儲かったと聞くし、なにより我々まで得るものがあった。全て丸く治まった。我が輩に関して言えば、チコから援助してもらった資金で国軍内での評判も良くなり、現在の地位に就けたのも全くチコのお蔭と思っている」

将軍の感謝の言葉だった。

チコはトーレス将軍と初めてお会いした飛行機の遅延事件を話した。その後、仕事が欲しいと言いに行った時、既にあのプロジェクトは将軍の頭の中で完成していたのかもしれないと思った。

ラ・メルセー教会は一五三二年建てられた。アルマス広場から二ブロック南。スペイン・バロックの美しい外観。リマで最初のミサが行われたところで、ペルー国軍の守護神である聖女メルセーが祀られている。

チコの葬儀はこの教会で行われた。

入り口付近は精鋭部隊の兵士によって厳重な警備がなされていた。

前列にカルロス、ロサマリア夫婦と、エビータ、ラウル夫妻、ドン・アレハンドロ。右列にミハエル将軍、軍幹部。

次列に親族と子供達、それ以降はラ・ウニオンのメンバー、アメリカ大使館・日本国大使館の関係者、学校関係者も見えた。チコのガソリンスタンドは全て臨時休業し、従業員全員が駆けつけていた。

弔問客も多数列をなしていた。

荘厳な葬儀に全員が感動し、言葉も無かった。

次の日、リマ郊外にある市のセメンタリオ（墓地）にチコは人々の手によって手厚く埋葬された。最期の別れに集まった人達に、軍楽隊により高らかにペルー国歌が演奏され、人々も和して誇らしげに国歌を歌った。

締めにミハエル将軍の追悼の辞が場内に響き渡った。

「インフェニエロ、リカルド・フェルナンデス・パレーデス
君は私の心の師であり、人生の一番の友人であった。君はペルー国のため、そして我が誇りあるペルー国軍のために多大なる寄与をしてくれた。

我々は君の勇気と行動力に賛辞を惜しまない。

インカ軍の伝説の勇士トゥパック・アマルと呼ばれ、尊敬された男。今は静かに休みたまえ。

ご家族の皆様、ご列席頂いた皆様、ムーチャス・グラシアス（有り難う）、ブエナ・スエルテ（神様のご加護がありますように）」

軍隊による弔砲が墓地内に轟いた。

一瞬、晴れ渡った空が俄に暗くなった。空を見上げた将軍の目に大きな鳥が見えた。

確かにそうだ。あれはコンドルだ。チコを迎えに来たに違いない。チコを乗せ、悠久の歴史を秘めたアンデスの山奥に帰っていくのだと思った。

そうだ——コンドルは翔んでいる。
ミハエル将軍の目には涙があった。

追録　ペルーで愛されたアキラ

「ペルーは泣いている」

ペルーの一流新聞は第一面にこんな大見出しを掲げ、こぞって悲しみの記事を載せた。

加藤明は、一九八二年（昭和五十七年）三月二十日、午後二時十五分、最愛の妻典子とビランチョの腕に抱かれて、急性肝炎のため四十九歳の若さで亡くなった。

ペルーのベラウンデ大統領は「カトウは不滅の記録を残した。我が国女子バレーボールチームが勝つたびに、この偉大な開拓者に賛辞が送られるだろう」と感謝の言葉を送っている。

記者たちは「アキラが来たばかりの頃、さんざん悪口を書いたよなあ」とつぶやいた。たしかに、アキラが選手達に課した猛訓練を新聞は口を極めて罵った。残酷だ、非人道的だ、無茶苦茶だと言った。

「彼の偉大さが十分分かっていなかった。それに立派な男だったな。ペルーの国民的英雄になった、初めての外国人なんだ」

午前十時、告別式が始まった。人々の列は途切れることなく、午後四時、ようやく棺に釘が打たれた。六千人もの人が集まり、焼香が済むまで六時間かかったと伝えている。多くの人々が「アキラ！　アキラ！」と泣き叫び、その死を惜しんだ。

「ペルーは泣いている」という記事には彼とそのチームが残した数々の勝利の記録が並べられ、エピソードがちりばめられていた。

その行間から、それを綴った記者達の強い哀悼の気持ちがにじみ出ているようで、読む人達はどうしても涙をこらえ切れなくなっていくのだった。

かつて、この日本人監督のもとで、ペルーのバレーボールの黄金時代を築いてきた選手は、口々に語っては、新しい涙を見せた。

エスペランサ、愛称ビランチョ（セッター）、混血児イルマ（セッター）、アンナマリア、メチャ、アリシアサンチェス、ノーマ（センター）、オルガ日系二世（補助）。アキラがペルー全土を巡り発掘した有望な選手達だった。

恋愛はご法度。泣きごとは言わない等の数々を加藤は少女達に求めた。意識改革を徹底してやった。何人も辞めていったけれど、残った者の団結が数々の勝利を生んだのだった。

加藤明は名門慶応義塾大学バレーボールチームのスタープレイヤーだった。

四年生だった一九五四年（昭和二十九年）、春・秋のリーグ戦優勝。全日本大学選手権優勝。

国体優勝。全日本選抜選手権優勝。国体の相手は実業団の日本鋼管だった。慶大は史上最強のチームであった。

卒業後、実業団の八幡製鉄に入社。一九六〇年（昭和三十五年）、都市対抗に優勝。全日本総合、実業団選手権に準優勝。チームに西日本スポーツ賞が贈られた。加藤は世界選手権大会のメンバーにも選ばれ、天才的プレイヤーと言われた。

この頃、ニチボー貝塚女子チームの監督になったのは大松博文だった。無名の娘達に日曜・祝日返上の猛訓練を課し、第一回全日本女子大会に優勝。国内に向かうところ敵なしとした。大松の練習は、見る者の目に残酷というより異常に映った。転んで身体を打ち傷つき血を出している選手に激しくボールをぶつけ、怒声が飛ぶのであった。こうした練習の結果、五年をかけて国内のタイトルを総ざらいした。「俺についてこい」が彼のモットーであった。

その猛練習についていったのは「東洋の魔女」と呼ばれた河西昌枝、宮本恵美子、谷田絹子、半田百合子、松村好子、磯辺サタ達である。モスクワで行われた世界女子選手権で大松ひきいる東洋の魔女は、宿敵ソ連を破って優勝。一九六四年、東京オリンピックで格上のソ連、アメリカを破り、金メダルを取った。

加藤は一九六五年（昭和四十年）五月、「弱体のペルー女子バレーボールチームを日本の女子チームのように強くして欲しい」という強い要請をペルーのバレーボール協会長ホセ・ベセット医学博士から受け、それに応えてペルー女子バレーボールチームのコーチに就任した。

全ペルーバレーボールチームの練習試合を見た時、全ペルーの選抜チームだというのに基本のサーブもパス、レシーブも満足にできていなかった。加藤は頭をかかえてしまった。でも、加藤はくじけなかった。ペルー全土を巡って素質のある若い選手を見つけ出した。ランニング、レシーブ、サーブ等、基礎訓練から徹底的に鍛え始めた。しかし基礎ばかり続ける加藤の方針に反発して辞めていく選手が続出した。新聞は「日本人監督は選手を床に這い回せる。非人道的練習を無理やりやらせている」と書き立て非難し続けた。けれど、それでもバレーボールが好きだという選手は歯を食いしばって厳しい練習に耐え、ついていった。

一九六六年一月、チコはサパークラブ「最後の二十セント」で一人で飲んでいた。カウンターの奥で、日本人にしては大柄な百八十センチ近い男が荒れた飲み方で飲んでいた。それが加藤明だった。

チコが話しかけると「自分はペルーのバレーボールのためにやって来たのに、新聞でも非難されている」と不満を持っていた。しかし、情熱を傾けてペルー女子バレーボールを鍛えていると言う。その真っ直ぐな姿勢に、チコは感動を覚えた。

「私にできることがあれば言って下さい。あなたに協力したい」

本心からそう伝えたのだった。

その頃のペルーの新聞は加藤へのバッシング記事であふれていた。

数日してチコに、

「日本に一時帰国します。ペルー入国の際の税関に配慮して頂けないでしょうか」

と加藤から連絡があった。

当時、ペルー入国の際は荷物検査が厳しかった。チコは了解して空港に手配した。

布製のトランク（通常の倍の大きさ）三個にバレーボールシューズをぎゅうぎゅう詰めにして持ち込んだ。航空会社では一乗客一個のトランクと規定されていたが、チコの筋で難なく通関して、ペルーに持ち込めた。この時のシューズはオニツカ（現アシックス）の鬼塚喜八郎社長の厚意で寄贈されたものだったという。普通であれば、通関できず大変な料金が課せられたはずだ。

加藤はチコに感謝した。そして、このチコ（小さい子）と呼ぶ二メートル近い巨大な男に興味を持ったのだ。

一九六七年四月、第七回南米バレーボール選手権がブラジルで開かれた。

南米は各国間の競争が激しくて、世界一より南米一の方が価値があると皆が考えていた。

ブラジルが優勝候補で常勝を続けている。ブラジルにはどの国も歯が立たないだろうと予想記事にも書かれていたし、人々はそれを信じて疑わなかった。

しかし、ペルーチームはチリ、パラグアイ、ウルグアイを三対〇のストレートで破り、強豪ブラジルを三対一で下し、優勝した。

先日まで非難していた新聞が、

「南米一の素晴らしい監督アキラ!!」

「宿敵ブラジルを破ったペルー女子バレーボールチームの育ての親」

と賛辞を惜しまなかった。

その年の七月、パンアメリカン大会ではメキシコ、ブラジル、カナダを破り、アメリカには三対二で破れたものの、銀メダルに輝いた。

さらに一九六八年（昭和四十三年）、メキシコオリンピックで世界四位となった。本当にゼロから出発し、新聞等メディアによる大変なバッシングに心が折れそうな時もあったけれど、耐えて実力を示した。

チコは友人として加藤を尊敬していたし、亡くなった報に接した時、自宅で一人悲しんだ。

「アキラよ永遠なれ」と心から叫んでいた。

加藤の練習は確かに過酷なものがあった。しかし、週の何日かは娘達を自分のアパートに招いて、すき焼きパーティーをしたり、あるいは日本食レストランで好きなだけ食べさせた。そして日本の歌も教えた。

上を向いて歩こう　（永六輔／作詞　中村八大／作曲　坂本九／歌）

上を向いて　歩こう　涙が　こぼれないように
思いだす　春の日　一人ぼっちの夜

上を向いて　歩こう　にじんだ　星をかぞえて
思いだす　夏の日　一人ぼっちの夜

幸せは　雲の上に　幸せは　空の上に

上を向いて　歩こう　涙が　こぼれないように
泣きながら　歩く　一人ぼっちの夜

この歌を娘達は皆日本語で歌えるようになった。ブラジルの南米大会から、勝った時、負けた時、会場で胸を張って歌った。

加藤の葬儀の日も、選手だった娘達から自然発生して、送別歌として会場に響き渡った。涙がこぼれないように上を向いても、あふれる涙を止めることなどできなかった。

加藤明は一九六七年（昭和四十二年）八月十五日に福永典子と結婚式を挙げた。

十九歳だった彼女に一目惚れして結婚を申し込むも両親に反対される。

妖精のような天女のような彼女を想い、二十五歳の彼女に再び申し込んだ。

その間の六年、忘れたことがなかった。加藤は純情な男を絵に描いたようだった。

もの静かで聡明な妻を得たことは、加藤の人生で一番の幸せな出来事であったに違いない。

註

1

クスコはアンデス山脈の奥深くにあり、海岸から五百キロメートル離れている。当然一人のチャスキ（飛脚）がその距離を走るのは不可能である。そこで二十キロメートルとか四十キロメートルで交替するのである。海抜約三千四百メートルの高地にある首都クスコまでの間に砂漠がある、山道がある、崖もある、峠もある。チャスキは与えられた各々の場所を全力で走り抜ける。その交替地点がタンボ（宿場）と呼ばれる場所であった。タンボには、その先を走るチャスキが待機しており、荷物や伝令を受け取ると、全速力で自分の持ち場を守るのである。オリンピックのマラソンで連覇したエチオピアのアベベ選手はマラソンで四十二・一九五キロメートルを二時間十分ほどで走り切るのだから、四十キロメートルを二時間を切って走るチャスキがいても不思議ではない、というか、むしろアベベ級の足ほどに自信のあるチャスキがゴロゴロいたのではないだろうか。

朝採りした魚貝類がその日のうちに、クスコの皇帝の前に並んだという話も現実にあったかもしれない。

毎日三千メートル級の山道で高地トレーニングしているようなものだから、もしチャスキの子孫がオリンピックのマラソンに出たとすれば、四十二キロメートルを夢の二時間切りタイムで走るだろう。するとペルーに間違いなくオリンピックの金メダルが入る。が、それは夢物語に過ぎない。彼らが走った道はインカ道として現存している。インカ道をキャンプしながら踏破するトレッキングは人気である。インカはかつて、このインカ道を通って交易、物流と、多目的に利用していたと思われる。

全てのインカ道はクスコに通じている。

オリャンタイタンボ、タンボマチャイのタンボは宿場を意味するから、当然、水がある場所で、宿泊も可能であったろう。

タンボマチャイはインカの得意とする石の技術が生かされている。遠方より石の溝を通って水が流れ出る。いくら日照りでも大雨でも、石の樋から流れ出るその清水は一定だという話である。専門家が詳しく調べたが、その水源は未だに判明しないそうである。これもインカの謎とされる。

2

コンドルはかつて、ペルーの至るところで見られた鳥だったが、近年見られることは稀だった。カニョン・デル・コルカ（コルカ渓谷）には伝説のコンドルが住んでいると言う。

アレキパ発カニョン・デル・コルカ行きの一泊二日のツアーがある。

アレキパは首都リマから南へ約五百キロメートル、南緯十六度、西経七十五度。標高二千メートルに位置する古都である。リマよりスペイン風の伝統が色濃く残っている。伝説の湖チチカカ湖があるプーノやクスコ行きの列車の始発駅である。アレキパはペルー第二の都市で、別名シウダーブランカ（白い町）。近郊で採れる白い火山岩で建物が造られている。そのため、町に降り注ぐ太陽の照り返しが一層まぶしくて、町全体が明るい。第四代皇帝マイタ・カパックは美しい町を見て、人々に「アリ・ケパイ（ここに住みなさい）」とケチュア語で言ったとされる。これがアレキパの語源だ。

リマからは飛行機で一時間。アレキパにはサンタ・カタリナ修道院、アンデス聖地博物館他多くの教会がある。町のどこからでもミスティ山（五千八百二十二メートル）、チャチャニ山（六千七十五メートル）が望める。

ツアーの出発は午前八時。三時間でチバイに着き、休憩してから展望台クルス・デル・コンドルへ向かう。

コンドルが活発に活動するのは午前中なので、一泊して朝早く見物する。カニョン・デル・コルカは深い渓谷で絶景。そこにペルーを代表する鳥コンドルが悠然と飛んでいる。

3

ペルーの山岳地帯で低地に住むのはリャマ、三千メートル以上に住むのはアルパカ、それ以上の山岳に住むのはビクーニャ。これらはラクダ科で、主にリャマの毛は敷物、アルパカは軽くて暖かいセーターとかマフラーとしてペルー土産として喜ばれる。ビクーニャとなると稀少動物であり、最高級とされる。

以前、イギリスの新聞で、ビクーニャの毛で織られた服が三百万円したとか書かれていたそうだ。リャマは大型、アルパカは小型、ビクーニャはさらに小型のものとなる。

金・銀の細工物も観光客に喜ばれる。また、ブドウから作るピスコという酒があり、サワーにするとうまい。ストレートも人気がある。

リマの「ラ・カレッタ」というレストランは、六十年前、あるいはそれ以前から人気店だった。アンティクーチョ（牛肉の串焼き）やクリオイヤ（地元料理）もあるが、現在でもサーロイン、リブロースなど牛肉を食べるならこの店だと好評である。

4

アルベルト・フジモリ氏は一九九〇年七月に大統領就任。

治安の回復を計り、財政再建に力を入れ、インフレを抑え、一九九五年に大統領二期目就任。

二〇〇〇年、大統領第三期目に就任したが罷免された。理由は大統領側近のウラディミーロ・モンテシノス国家情報局顧問による野党買収疑惑と独裁的強権体質にあった。

治安の回復、インフレの抑制、これらは独裁的強権なしでは成し得ない問題である。左翼ゲリラ対策についても、相手は武器を持っていて、対抗する術を持たない農民や市民を残酷にも理由もなく殺す連中なのだ。日本大使公邸襲撃事件解決等、大統領が強権を発揮しなかったら、どうであったろうか。日本人の人質約六百人が無残にも殺されない保証はなかったはずだ。

アルベルト・フジモリが農科大学の学長出身であることはよく知られている。日本や外国の援助で学校を建てた。ペルーには教育が大切だと説いた。建てた学校は数百以上。その落成式には必ず出席したという。たとえ、そこが山岳地帯であっても竣工を祝った。山岳にはゲリラがいて、「大統領、危険です、やめて下さい」と側近らは進言するのだが、大統領は二台の軍用大型ヘリで向かった。一台は警備の兵隊が乗って大統領を守っていたが、大統領自身は無防備で周りの者達は心配した。幾度となく危ない目にも遭ったが、幸いフジモリ大統領が命を落とすことはなかった。

本作はフィクションです。

参考文献
『アキラ！ 加藤明・南米バレーボールに捧げた一生』
上前淳一郎著、角川文庫

著者プロフィール
大塚 徹（おおつか とおる）
長野県立野沢北高等学校卒業
拓殖大学商学部貿易学科卒業
衆議院議員秘書
株式会社旅行倶楽部社長
拓殖大学 麗沢会 重量挙部総監督・野球部後援会副会長

イラスト／西岡 育

コンドルは翔んでいる EL CONDOR PASA

2024年10月15日 初版第１刷発行

著　者 大塚 徹
発行者 瓜谷 綱延
発行所 株式会社文芸社
〒160-0022 東京都新宿区新宿1－10－1
電話 03-5369-3060（代表）
03-5369-2299（販売）

印刷所 TOPPANクロレ株式会社

ISBN978-4-286-25711-2 JASRAC 出 2404000－401